狱中书简

〔德〕罗莎·卢森堡 著
林贤治 编选
傅惟慈 等译

商务印书馆
The Commercial Press

Briefe aus dem Gefängnis

涵芬楼文化 出品

目　录

卢森堡和她的《狱中书简》（代序）　　　　　　　林贤治 / 1

一　茨威考狱中

致考茨基夫妇（未署日期，约1904年）　　　　　　　　/ 3

二　华沙女子狱中

致考茨基夫妇（1906年3月13日收讫）　　　　　　　　/ 9

致考茨基夫妇（1906年3月15日收讫）　　　　　　　　/ 12

致考茨基夫妇（1906年6月11日）　　　　　　　　　　/ 14

三　魏玛"国家监狱"中

致克拉拉·蔡特金（约1907年8月1日）　　　　　　　/ 19

四　柏林巴尔尼姆狱中

致玛蒂尔德·雅可布（日期不详，星期日）　　　　　　/ 23

致玛蒂尔德·雅可布（1915年，星期二）　　　　　　　/ 25

致玛尔塔·罗森鲍姆（1915年3月12日）　　　　　　　/ 29

致玛蒂尔德·雅可布（1915年4月9日，星期五） /32

致玛蒂尔德·雅可布（1915年10月2日） /36

致玛蒂尔德·雅可布（1915年10月5日） /38

致玛蒂尔德·雅可布（未署日期） /41

致玛蒂尔德·雅可布（1915年11月5—6日） /43

致玛蒂尔德·雅可布（1915年11月10—11日） /45

致《新时代》全体编辑的信（1915年12月25日） /47

五 柏林巴尔尼姆—佛龙克—布累斯劳狱中

巴尔尼姆狱中

致玛尔塔·罗森鲍姆（未署日期） /51

致海因里希·迪茨（1916年7月28日） /53

致玛尔塔·罗森鲍姆（未署日期） /56

致宋娅·李卜克内西（1916年8月5日） /57

佛龙克狱中

致玛蒂尔德·雅可布（未署日期） /59

致宋娅·李卜克内西（1916年8月24日） /60

致玛蒂尔德·雅可布（1916年11月7日） /62

致宋娅·李卜克内西（1916年11月21日） /65

致伊曼纽尔与玛蒂尔德·乌尔姆夫妇
（1916年12月28日） /67

致汉斯·狄芬巴赫（1917年1月7日） /71

致宋娅·李卜克内西（1917年1月15日） /76

致玛蒂尔德·雅可布（1917年2月） / 79

致汉斯·狄芬巴赫（未署日期） / 82

致伊曼纽尔与玛蒂尔德·乌尔姆夫妇
（1917年2月16日） / 83

致宋娅·李卜克内西（1917年2月18日） / 87

致汉斯·狄芬巴赫（1917年3月5日） / 91

致汉斯·狄芬巴赫（1917年3月8日） / 96

致汉斯·狄芬巴赫（1917年3月27日晚） / 101

致汉斯·狄芬巴赫（1917年3月30日） / 107

致汉斯·狄芬巴赫（1917年4月16日） / 112

致宋娅·李卜克内西（1917年4月19日） / 118

致玛蒂尔德·雅可布（1917年4月19日） / 121

致玛蒂尔德·雅可布（1917年4月24日） / 124

致玛尔塔·罗森鲍姆（1917年4月） / 126

致汉斯·狄芬巴赫（1917年4月28日） / 128

致玛蒂尔德·雅可布（1917年4月29日） / 132

致宋娅·李卜克内西（1917年5月2日） / 135

致玛蒂尔德·雅可布（1917年5月3日） / 140

致汉斯·狄芬巴赫（1917年5月12日） / 143

致汉斯·狄芬巴赫（1917年5月14日） / 147

致宋娅·李卜克内西（1917年5月19日） / 149

致宋娅·李卜克内西（1917年5月23日） / 152

致宋娅·李卜克内西（1917年5月底） / 157

致玛蒂尔德·雅可布（1917年6月1日）	/161
致宋娅·李卜克内西（1917年6月1日）	/163
致玛蒂尔德·雅可布（1917年6月2日）	/165
致玛蒂尔德·雅可布（1917年6月8日）	/167
致玛蒂尔德·雅可布（1917年6月13日）	/168
致汉斯·狄芬巴赫（1917年6月23日）	/169
致汉斯·狄芬巴赫（1917年6月29日）	/175
致宋娅·李卜克内西（1917年7月20日）	/182

布累斯劳狱中

致玛蒂尔德·雅可布（1917年7月26日）	/187
致宋娅·李卜克内西（1917年8月2日）	/189
致玛蒂尔德·雅可布（1917年8月6日）	/194
致玛蒂尔德·雅可布（1917年8月11日）	/197
致弗兰茨·梅林（1917年8月11日）	/199
致汉斯·狄芬巴赫（1917年8月13日）	/200
致玛蒂尔德·雅可布（1917年8月17日）	/203
致玛蒂尔德·雅可布（1917年8月18日）	/206
致玛蒂尔德·雅可布（1917年8月24日）	/207
致汉斯·狄芬巴赫（1917年8月27日）	/211
致弗兰茨·梅林（1917年9月8日）	/216
致玛蒂尔德·雅可布（1917年9月13日）	/218
致玛蒂尔德·雅可布（1917年9月18日）	/220
致玛蒂尔德·雅可布（1917年9月28日）	/221

致露易莎·考茨基（1917年10月11日） /223

致玛蒂尔德·雅可布（1917年11月9日） /224

致露易莎·考茨基（1917年11月15日） /226

致宋娅·李卜克内西（1917年11月中） /228

在汉斯·狄芬巴赫牺牲后致汉斯姐姐葛丽特
（1917年） /233

致露易莎·考茨基（1917年11月24日） /235

致宋娅·李卜克内西（1917年11月24日） /237

致宋娅·李卜克内西（1917年12月中） /240

致玛尔塔·罗森鲍姆（1917年12月11日后） /246

致伊曼纽尔与玛蒂尔德·乌尔姆夫妇
（1917年12月17日） /248

致弗兰茨·梅林（1917年12月30日） /249

致伊曼纽尔与玛蒂尔德·乌尔姆夫妇
（1918年1月） /250

致宋娅·李卜克内西（1918年1月14日） /254

致玛尔塔·罗森鲍姆（1918年2月） /258

致弗兰茨·梅林（1918年3月8日） /260

致宋娅·李卜克内西（1918年3月24日） /262

致伊曼纽尔与玛蒂尔德·乌尔姆夫妇
（1918年4月22日） /265

致宋娅·李卜克内西（1918年5月2日） /267

致宋娅·李卜克内西（1918年5月12日） /269

致玛蒂尔德·雅可布（1918年6月3日） / 274

致露易莎·考茨基（1918年7月25日） / 276

致玛蒂尔德·雅可布（1918年9月12日） / 280

致玛蒂尔德·雅可布（1918年9月16日） / 283

致玛蒂尔德·雅可布（1918年9月18日） / 285

致玛蒂尔德·雅可布（1918年10月10日） / 287

致宋娅·李卜克内西（1918年10月18日） / 289

致玛蒂尔德·雅可布（1918年11月4日） / 291

附录　罗莎·卢森堡（1871—1919）

〔美〕汉娜·阿伦特 / 293

罗莎·卢森堡年表　　　　　　　　　　　　　／ 321

编后记　　　　　　　　　　　　　林贤治 / 323

卢森堡和她的《狱中书简》

(代序)

林贤治

革命渐次随着岁月的尘烟远去。

有各种革命,也有各种不同的革命者。真正的革命者,委身于他理想中的事业,这事业,是同千百万无权者的福祉联系在一起的。在革命中,他们往往为自己选择最暴露、最危险、最容易被命中的位置;结果正如我们所看到的,当黎明还没有到来,他们已经在黑暗中仆倒。

在这个倒下的队列里,我们记住了一个人:罗莎·卢森堡。

"红色罗莎"

卢森堡自称是犹太裔波兰人,不止一次地声称波兰是自己的祖国。曾经有人在书中提及,波兰有史以来,在对外斗争中从来不曾出现过叛徒,足见波兰人的忠诚、英勇和傲岸。她的独特的犹太家庭背景,使她从小培养出一种人性的、平等的观念;民族的浪游性质,又使她恪守"犹太同龄群体"的伦理规则,而不与任何"祖国"相一致。正如政治学者阿伦特指出的,犹太知识分子的祖国事实上是欧洲;用尼采的话说,他们会因自身的位置和作用而注定成为最卓越的"好欧洲人"。

1871年3月5日,卢森堡出生于波兰扎莫什奇的一个木材商人家庭,两岁时,全家迁居华沙。在这里,她完成了中学教育,并开始参加革命活动。1889年底流亡瑞士,入读苏黎世大学,先后学习哲学、政治经济学、法学及自然科学。在此期间,结识利奥·约基希斯(Leo Jogiches),后来他成为她事实上的丈夫和情侣。1894年,他们共同组建了波兰王国社会民主党。1898年,卢森堡取得德国国籍,迁居柏林,参加德国社会民主党的工作。在党内,她积极从事组织活动,为报刊撰文,发表演讲,先后批判党内元老伯恩斯坦和考茨基,也曾同列宁展开过论战。1914年7月,第一次世界大战爆发。由于德国社会民主党议会团一致支持帝国主义战争,背叛革命,卢森堡和李卜克内西等组织斯巴达克同盟,后成立德国共产党,成为党的重要的领导人之一。

卢森堡自称是一个永远的理想主义者。读书时,她在题赠女同学的照片背后写道:"确保以纯洁的良心去爱所有的人,那样一种社会制度是我的理想。只有在追求它并为之奋斗时,我才有可能产生憎恨。"像这样一个怀抱着宏大的社会理想的人,在当时，命运注定要和革命扭结到一起。为此，她多次被捕，在监狱里度过相当长的岁月。1917年春夏之交，斯巴达克同盟鉴于她在狱中健康恶化，曾酝酿过一个营救计划，考虑到她拥有俄属波兰地区的出生证，试图向官方提出要求，放她出狱到俄国去。然而，她拒绝了这个计划，因为她根本不愿意与官方当局发生任何联系。在革命队伍中，她以思想激进和意志坚强著称，所以，帝国主义者及右翼分子称她为"嗜血的'红色罗莎'"。

1919年1月，德国共产党与其他革命组织共同行动，举行大规模游行示威。接着，斗争遭到政府军队的血腥镇压，卢森堡和李卜克内西同时被捕，当日惨遭杀害，她的尸体被扔进运河。当此危急时刻，约基希斯倾全力搜集卢森堡遗文，调查事件真相，一个多月后随之遇害。

卢森堡逝世后，列宁下令出版她的传记以及她的著作的完整汇编，同时，还斥责了德国党对于承担这一义务的冷漠态度。斯大林不同，于1931年著文强调卢森堡犯过许多极其严重的政治错误和理论错误，这等于给卢森堡盖棺论定，以致后来发展到谁引用卢森堡的话便是反革命的地步。苏共"二十大"以后，情况有了变化，在苏联和东德等国家，人们开始寻找卢森堡与列宁的思想的一致性；涉及两人的分歧，当然仍将错误归于卢森堡。所以，阿伦特在一篇论述她的文章中把她描写成欧洲社会主义运动中的一位"边缘性人物"，"德国左派运动中最有争议的、最少被人理解的人物"。直至20世纪60年代以后,"红色罗莎"才获得应有的崇高的评价,她的著作在国际上兴起出版和研究的热潮。

"重新发现"卢森堡,在国际共运史上,是一个堪称奇特的现象。

"永远是一只鹰"

卢森堡的政治思想,在论战中显得特别活跃和鲜明。其中,关于革命与暴力问题、政党问题、无产阶级专政与社会主义民主等问题,带有很大的原创性。在苏联、东欧剧变十多年以后,回头再看卢森堡的相关论述,判断的深入和准确是惊人的。

在卢森堡看来,革命,不是任何组织或个人"制造"出来的,不是根据哪一个政党的决议产生的,而是在一定历史条件下"自动地"爆发的。不是组织先于行动,而是行动先于组织,而这"行动的迫切压力"总是来自社会下层。她指出:首先应当具备"革命形势"这一必要的条件,必须认真考虑大众的情绪。在组织问题上,她从不信任有一种绝大多数人在其中都没有位置也没有声音的所谓的革命的"胜利",不信任那种不择手段、不惜代价夺取权力的行为,以致她"担心革命受到扭曲更甚于担心革命的失败"。

正由于当时德国的客观形势与俄国不同,卢森堡和李卜克内西都没有做过以武装夺取政权的尝试。

但是，卢森堡并没有因此否定暴力，相反，她对于那些把暴力等同于革命，从而加以反对的"机会主义的学理主义者"予以严厉的批判。暴力是有阶级性的，她特别指出，必须警惕来自反动政府的合法性暴力的隐蔽性和欺骗性。她认为，无条件地否定革命暴力，把议会政治、宪政政治看作被压迫阶级得救的唯一出路是空想的、反动的，这也正如把总罢工或街垒看作唯一的出路一样。在她看来，并不存在一种预设的绝对合理的方式，任何方式的采用都是随机变化的、可选择的。人民群众唯有拥有潜在的暴力，并足以作为自卫的武器或攻击武器，来发挥它的作用，才能在阶级力量的对比中，最大程度上改变政治斗争的条件，其中包括议会条件。正是在这一意义上，卢森堡指出，改良是革命的产物；而革命，并非出于革命者对暴力行动或革命浪漫主义的偏爱，而是出于严酷的历史必然性。

20世纪90年代以来，中国学术界"告别革命"之声不绝于耳。颇有一批学者极力夸大革命的破坏性，俨然历史真理的代言人。事实上，阶级社会发展的诸种因素，是互相补充、互相完善又互相排斥的。革命暴力的正当性和正义性，正在于被压迫阶级在争取自身解放的斗争中，在所处的阶级对抗的有限的阶段中，他们自身的损失可以因此被减少到最小。所以，卢森堡才会一再指出，暴力是革命的最后手段。她承认，"在今天的情况下，暴力革命是一件非常难以使用的双刃武器"。

1904年春，列宁发表《进一步，退两步（我们党内的危机)》一书，论述关于无产阶级的政党学说。7月，卢森堡发表《俄国社会民主党的组织问题》，评论了列宁的建党思想，引起论争。在建立一个集中统一的政党这一问题上，两人之间没有分歧；争论的中心，是卢森堡说的"集中程度的大小、集中化更准确的性质"问题。

卢森堡批评列宁的"极端集中主义观点"，是"无情的集中主义"，认为这是把"布朗基密谋集团的运动的组织原则机械地搬到社会民主党的工人群众运动中来"；她说，这样做的结果是"中央委员会成了党的真正积极的核心，而其他一切组织只不过是它的执行工具而已"。文章尖锐地提出：究竟是谁执行谁的意志？她认为列宁设想的中央拥有"无限的干涉和监督权力"，强调的是党中央机关对党员群众的监督，而不是确保自下而上对党的领导机关的公开、有效的监督。她确信权力的高度集中必然产生思想僵化、压制民主和轻视群众，形成并助长专横独断的危险，窒息积极的创造精神，唯余一种毫无生气的"看守精神"。

在这里，卢森堡表现出了重视人民群众的非凡的热情，以致后来有人称她为"一个纯粹群众民主的理论家，一个出色的非定型的革命的预言家"。1918年，她在狱中写下著名的《论俄国革命》，直接地把社会主义民主等同于"无产阶级专政"。这部未完成的手稿对苏联布尔什维克党的批评尤其激烈，其中除了土地问题、民族自决权问题之外，一个重要的内容，就是批评布尔什维克党把专政和民主对立起来，强化专政而取消民主。她强调说，无产阶级专政是"阶级的专政，不是一个党或一个集团的专政，这就是说，最大限度公开进行的、由人民群众最积极地、不受阻碍地参加的、实行不受限制的民主的阶级专政"。她从来认为，社会主义社会的本质在于大多数劳动群众不再是被统治的群众，而是自己的全部政治和经济生活的主人，在有意识的、自由的自决中主宰着这全部的生活。

关于社会主义民主，卢森堡总是把它同自由联系到一起，并且以自由进行阐释。在《论俄国革命》中，她指出："自由受到限制，国家的公共生活就是枯燥的、贫乏的、公式化的、没有成效的，这正是因为它通过取消民主而堵塞了一切精神财富和进步的生动活泼的泉源。"又说："随着政治生活在全国受到压制，苏维埃的生活也一定会日益瘫痪。没有普选，没有不受限制的出版和集会自由，没有自由的意见交锋，任何公共机构的生命就要逐渐灭绝，就成为没有灵魂的生活，只有官僚仍是其中唯一的活动因素。"她提出，要警惕无产阶级专政演变为"一种小集团统治"，"一小撮政治家的专政"，"雅各宾派统治意义上的专政"，同时警告说，如果听任这种情形的发展，一定会引起"公共生活野蛮化"，引起强制、恐怖和腐败，引起"道德崩溃"。她进而指出："这是一条极其强大的客观规律，任何党派都摆脱不了它。"阿伦特认为，她对布尔什维克政治的批判是"惊人准确的"，"她的异端性是坦率的、毋庸争辩的"。

关于自由,在《论俄国革命》稿的边页上,卢森堡加注道:

> 只给政府的拥护者以自由,只给一个党的党员(哪怕党员的数目很多)以自由,这不是自由。自由始终是持不同思想者的自由。这不是由于对"正义"的狂热,而是因为政治自由的一切教育的、有益的、净化的作用都同这一本质相联系,如果"自由"成了特权,它就不起作用了。

其中,"自由始终是持不同思想者的自由"这句话,作为卢森堡的"名言",代表着她的一个深刻的信念而广为流传。

《论俄国革命》出版后,列宁于1922年2月写了《政治家的短评》一文,称它是一部"犯了错误的著作"。他在文中列举了卢森堡一生所犯的"错误",但是,对卢森堡仍然给予高度的评价,说,"无论她犯过什么错误","她都是而且永远是一只鹰"。

政治·人性·美学

阿伦特有一段比较卢森堡和列宁的话说,当革命对她像对列宁那样迫近和真实时,她除了马克思主义之外就再没有别的信仰条款了。"列宁首先是一个行动者,他可以在任何事件中都参与政治;而罗莎,用她半开玩笑的自我评语来说,天生就是个'书呆子',假如不是世界状况冒犯了她的正义和自由感的话,她完全可以埋头于植物学、动物学、历史学、经济学和数学之中。"其实,即使对马克思,她也不是一味盲从的,她并不认为马克思主义是一劳永逸地解决一切问题的样板。正因为她不满于马克思在著名的《资本论》中的解决图式,才写了《国民经济入门》和《资本积累论》。

卢森堡个人确实有过不少试图远离政治和革命的表示,比如致信约基希斯说:"俄国革命对于我,就像第五条腿对于狗一样,没有多大的意义。"可是,对于俄国革命,她不但关注到了,而且介入太深,正如我们所看到的诸如《论俄国革命》等许多相关的论著那样。正义和自由感对于她是支配性的、致命的。在信中,她说:"我得不断地关心全人类的大事,使得这个世界变得更美好。"既关心人类,便无法摆脱政治的诱惑和制约,以致她不得不为此付出生命的代价。

对政治事务的关心,在卢森堡的著作中,可以说随处可见。她的私人通信,也记录了不少关于工人罢工、失业、冬小麦歉收、革命、党的会议、党纲的制订及人事变动等内容。但是,书信毕竟不同于政论,除了表现对应于公共性的立场、思想、观点之外,更多地体现了她个人的人格、品质、情感、趣味,精神世界中最基本、最深隐、最柔弱的部分,更人性化的部分。或者可以说,政治原则在书简中转换为一种道德原则,一种特有的气质。

卢森堡的内在气质,在《狱中书简》中展示得最为充分。

她敬畏生命,从一只粪甲虫到一只蝴蝶,从一只土蜂到一只知更鸟,她都会留心地观察它们,倾听它们,像亲人和朋友一样亲近它们,为它们经受的惨剧而悲愤,而痛苦,一旦离去以至于黯然神伤。她那般感动于青山雀的问候般的啼声,每次听到那"戚戚勃"的活像孩子嬉笑的声音,就忍不住发笑,并且模仿它的叫声来回答它。她写道:

昨天我忽然从墙那边听见了这熟悉的问候声,可是声音全变了,只是很短促的接连三声"戚戚勃——戚戚勃——戚戚勃",以后就寂然无声了。我的心不觉紧缩在一起。在这远远传来的一声短促的啼声中包含着多少东西呵。它包含着一只鸟儿的全部简短的历史。这就是青山雀对于初春求偶的黄金时代的一个回忆,那时候它成天歌唱,追求别的鸟儿的爱情;可是现在它必须成天飞翔,为自己为家庭寻觅蚊虫,仅仅是一瞬间的回忆:"现在我没有时间——呵,的确,从前真美——春天快完了——戚戚勃——戚戚勃——戚戚勃!——"相信我吧,宋尼契嘉,这样一声情意绵绵的鸟叫会深深地感动我。

她曾经写到,在读地理书的时候,得知德国鸣禽减少的原因,在于日趋合理化的森林经济、园艺经济和农业学,使它们筑巢和觅食的一切天然条件被消灭,想到那些"毫无抵抗能力的小动物"竟因此默默无声地不断灭绝,不禁深感悲痛,差点儿要哭出声来。她还说到在监狱里遇到的"一件极端痛心的事",就是看见驾车的水牛被兵士鞭打得血迹斑斑的情景。她悲悯地写道：

……卸货的时候,这些动物一动不动地站在那里,已经筋疲力尽了,其中那只淌血的,茫然朝前望着,它乌黑的嘴脸和柔顺的黑眼睛里流露出的一副神情,就好像是一个眼泪汪汪的孩子一样。那简直就是这样一个孩子的神情,这孩子被痛责了一顿,却不知道到底为了什么,不知道如何才能逃脱这种痛楚和横暴……我站在它前面,那牲口望着我,我的眼泪不觉簌簌地落下来——这也是它的眼泪呵,就是一个人为他最亲爱的兄弟而悲痛,也不会比我无能为力地目睹这种默默的受难更为痛心了。那罗马尼亚的广阔肥美的绿色草原已经失落在远方,再也回不去了！……

卢森堡表白说,她有一种感觉,就是她不是一个真正的人,而是一只什么鸟、什么兽,只不过赋有人的形体罢了。她致信宋娅说:"当我置身于像此地的这样一个小花园里,或者在田野里与土蜂、蓬草为伍,我内心倒觉得比在党代表大会上更自在些。对你,我可以把这些话都说出来：你不会认为这是对社会主义的背叛吧。你知道,我仍然希望将来能死在战斗岗位上,在巷战中或者在监狱里死去。可是,在心灵深处,我对我的山雀要比对那些'同志们'更亲近些。"对于植物,她也一样怀着对小昆虫和雀鸟般的喜爱,说:"我研究植物,跟干其他事情一样,也是满腔热忱,全身心地投入。世界、党和工作,都悄然隐退。每日每夜,我的心中只翻卷着这么一个激情:去春天的原野漫游,采集成抱成捆的鲜花,然后回家整理、分类、鉴定,再夹到书页里去……"阳光、白云、湖光、山色,大自然的一切,都被她赋予了极其生动的人类情感,成为她的外化的生命。正如她所说:

不管我到哪儿,只要我活着,天空、云彩和生命的美就会与我同在。

在书信中,我们还可以看到,卢森堡那般倾情于艺术。从小说到诗,从歌剧到油画,从高尔斯华绥、萧伯纳到歌德,从伦勃朗到巴赫、贝多芬,她熟悉许多杰出的艺术家,熟悉他们作品中的许多出色的细节。她的眼前展现着一个浩瀚的艺术世界,她常常沉浸其中,内心充满愉悦。她写到,她曾因所有的剧场和音乐厅变成政治集会和抗议的场所,无法欣赏音乐而感到遗憾。她写到,她想重返纽伦堡,但原因不是去开会,而是想听朋友朗诵一卷默里克或者歌德。她写到,当她听完一支温柔的小曲时,心绪宁静,却随即想到自己曾经给予别人的冤屈,并为自己曾经拥有如此苛酷的思想感情而感到惭愧……

卢森堡对美的欣赏，还及于女性的形体与仪态。很难想象，这样一位革命家会在书信中那么仔细地描绘她在狱中见到的一个年轻女囚的美貌，在"十八世纪法国展"上看到的汉密尔顿夫人画像和拉瓦利埃女公爵画像的不同类型的美。她甚至表示，一些遥远的事物，比如数万年以前的黏土片、中世纪风光，乃至"带有一点腐朽味道的真正的贵族文化"，都是她所喜爱的、迷恋的，对她来说具有极大的吸引力。

一个一刻也不离开现实斗争的人是如此地喜欢古典，一个投身于政治运动的人是如此地喜欢安静，一个坚强如钢、宁折不弯的人是如此地喜欢柔美，一个以激烈不妥协著称的人是如此地博爱、宽容！——这就是"嗜血的'红色罗莎'"！

她坦然承担生活所给予她的一切：囚禁、各种伤害和痛苦，别离和思念，并且把这一切看成是美的、善的，开朗、沉着、勇敢，在任何情况下都感到幸福，唯是不放弃工作。在书信中，她不止一次说到她的人生哲学。她强调指出，认识历史的必然性对个人来说非常重要；但是，把对历史必然性的认识演绎为一种消极无为的哲学，又是她所反对的。她坚信人类的能力、意志和知识的作用，坚持自主意识，所以说，宁可从莱茵瀑布上跳下去，像坚果那样逐浪漂流，也不愿站在一旁摇头晃脑，看着瀑布奔泻而下。她要做一个和生活一同前进的人。

"比男人伟大"

革命不是想象。从某种意义上说,革命就是革命者。通过革命者的形象,我们可以目睹革命的面貌,它的全部构成。

说到卢森堡,仅仅阅读她的政论,哪怕是一度遭禁、以自由和民主作为革命的表达中心的《论俄国革命》,也还不是她的全部;只有结合她的《狱中书简》,她作为革命者的形象才是大致完整的。在她这里,不但具有明确的政治信念和道德原则,而且富于同情心、人性和丰饶的诗意。革命并不如某些自命为"自由主义学者"所描绘的那样只有恐怖,恰恰相反,革命是为了解除恐怖统治而进行的。

1907年的一天,卢森堡和她的朋友蔡特金在散步时忘记了时间,因此在赴倍倍尔的约会时迟到了。倍倍尔开始还担心她们失踪了,这时,卢森堡提议这样来写她们的墓志铭:

这里躺着德国社会民主党的最后两个男人(men)。

阿伦特赞同此说:卢森堡身上的"男子气概"(manliness),在德国社会主义运动历史中是空前绝后的。如果用这个比方定义革命,应当承认,仅仅有男子气概可能是野蛮的、强制的、可怕的,所幸其中的参与者和领导者有如卢森堡似的女性。她在信中说:"我这个人太柔弱了,比我自己想象的还要柔弱。"

正由于有了柔弱的人性做基础，有人类理解和人道主义做基础，革命风暴的力量才是可接受的。

法国诗人雨果有一首赞颂巴黎公社的女英雄、诗人米雪尔的诗，题目是《比男人伟大》。面对卢森堡这样的革命女性，除了这，我们还有什么更恰切的语言去形容她呢？——"比男人伟大！"当然，比男人伟大！

2007年3月18日

一

茨威考狱中

1904年8月—1904年10月

致考茨基夫妇

（未署日期，约1904年）
于茨威考监狱

亲爱的卡洛鲁斯：

……呶，现在你有别的仗要打了！真令我高兴，这表明那些亲爱的小人儿们是如何尖锐地感受到我们在阿姆斯特丹的胜利[1]的分量。照我看，他们想在不来梅复仇——事实上，那对他们是种奢侈。这样一来你可得嫉妒我的单人狱室了，还真叫我不安哪。我毫不怀疑你会痛击库尔特（·艾思纳）[2]、格奥尔格（·格腊德纳乌厄）一伙，将他们所谓的头脑揍扁。但你得满怀欢欣和热忱去干，别弄得像一场乏味的幕间演出。因为公众总能感知战士的情绪，而战斗的乐趣对于论敌不啻一种明确的宣示，一种精神上的凌驾。

我看，你现在自然是完完全全单枪匹马：奥古斯特（·倍倍尔）当然守在上议院的园子里直至终了；最亲爱的亚瑟（·斯塔特哈根）和保尔（·辛格），如你所说，是"哀歌式"的。哎，在这样的大会之后——于两场战斗之间——能活下来就万幸了，他们若还能做"哀歌式"，雷电会将他们劈入地下七寻深！

毕竟，卡尔，目前这种"口角"并未像你近几年常面对的那样，以武装冲突的形式，在冷漠的灰色氛围中进行。现在，大众的兴趣再一次点燃了；穿透层层的狱墙，我在这里都感受得到。再说，别忘了"工人国际"正密切关注着我们——或者，应该说正关注着你们这些人——因为阿姆斯特丹成了整个论战的肇端。我给你写所有这些，不是要"煽风点火"；我还没那么幼稚。我希望唤起你论战的精神，或至少把我的蓬勃生气输送给你，反正这东西在这七号房里也派不上什么用场。

你知道，就阿姆斯特丹我思考了很多，关于国际运动的普遍状态，关于"工人国际"中我们马克思主义的前景。对此我有满腹的话要对你说，可这得等。于我，内心的准则在于，我们有无数的事要做。首先，要学习。我是指关于各国工人运动这方面。我有个感觉，即便仅仅通过对国外运动形势的了解，我们（"德国人"）正在获得国际性的影响力和卓越地位。另一方面，我有个感觉，仅仅通过向"工人国际"

的靠拢，（坦白说）我们正在德国工人运动中巩固地位。一句话，生活令我陶醉！

请随信附上你的文章——但得剪辑。我确信克拉拉（·蔡特金）站在我俩这一边。前方，在不来梅，等待你和她的都是火辣辣的时日。快达成谅解吧；她是可信赖的人。我多希望能收到她的来信。顺便提提第四卷[3]：就说何时出书？你瞧，我可想读了；关于这一论题，千思万绪在我脑海中萦绕呢。

现在，轮到你了，亲爱的露易莎。或者不如说，现在只和你说话了，因为整封信当然也是写给你的。常常，你会更快更好地理解我的情绪（如果有什么需要"理解"的）。想说的话太多，可又不得不如此简短！好吧，就说这些：你的来信——使我拥有最灿烂的心境；为每一个字，接受我一千次感谢吧！关于你的境况，你向我描绘了一幅多么生动的图画！代我向霍兰表达最热烈的问候。多来信，不过只在你想写的时候——别勉强。吻你们所有人，还有男孩儿们。向奶奶致意。

> 你们的罗莎

（胡雅莉 译）

注释

1. 1904年阿姆斯特丹大会：罗莎受SDKPiL（波兰和立陶宛社会民主党）和德国的双重委托出席会议。统一于马克思主义原理之下的要求，是此次论辩的基本内容。德国对法国党内的分裂持反对态度。罗莎的主要论敌是让·饶勒斯。有趣的是，饶勒斯发言时，支持他的一方显然无人能替他翻译。这时，罗莎跳出来，将他那动人的说辞译成同样动人的德语。饶勒斯当众向她道谢不迭。翻译如下语句一定令她深感痛楚："你们德国人，纵有你们那套革命的阶级觉悟和马克思主义原理，可曾制定哪怕一条法律？"
2. 库尔特·艾思纳（1867—1919），康德社会主义者，强烈抗议集体罢工策略，是始终如一的反军国主义者，参与创建USPD（德国独立社会民主党）。他于1918年被捕，出狱后成为巴伐利亚共和国总理，1919年2月21日在街头遇刺身亡。
3. 指恩格斯所命名的《资本论》"第四卷"。标题为"剩余价值理论"。考茨基为该卷编辑。

二

华沙女子狱中

1906年3月—1906年7月

致考茨基夫妇

（1906年3月13日收讫）

最亲爱的：

4日星期天晚上，时运不济：我被捕了。我的护照已经加盖了回程的图章，而且正准备离开。眼下，只能够得过且过啦。希望你们不要过分地伤心。革命和革命带来的一切事物万岁！从某种意义上来说，我情愿坐牢，也不愿意回去吵架。他们常常让我觉得尴尬，不过别去操心。

现在我坐在市政厅里，"政治犯"、地痞流氓和精神病人，都挤在一起。我的牢房（平时堪称这里的一颗明珠），原是关押一个犯人的单间，现在则有14名住客，所幸都是政治犯。隔壁两边都是较大的双人牢房，每一间都乱哄哄地挤着大约30个犯人。听人家说，目前的这种条件，已经接近天堂水平了，因为以前一个牢房曾经关过60个人呢。夜里他们轮班睡觉，每隔几个小时换一班，没得睡的人就出去"溜达"。眼下我们都像国王那样斜着身子睡在木板上，挤得就像排列整齐的沙丁鱼。但是到目前为止，我们还将就得挺好，至少没有受到额外的吵闹的骚扰。比方就像昨天，我们房里来了一个新难友，一个犹太籍的武疯子。她不仅把几个政治犯都弄得涕泗涟涟的，而且还在牢房里叫呀跑的，让我们足足忙活了24小时。今天我们终于把她弄走了，眼下还有三个"myschuggene"[1]和我们在一起。

在院坝里放风的事儿，这里从未听说过。白天，牢房的门就被打开，犯人整天都可以在走廊里、在妓女中间游来荡去，听她们哼唱快乐的小调，说着诙谐的谚语，并且闻着从大门洞开的茅房里飘出来的味道。然而我说这些，不外乎是想介绍介绍这里的条件罢了，我的心情良好，一如既往。我现在还在暂时使用假身份，但是恐怕瞒不了多久，因为他们不相信我。

一言以蔽之，情况很严重。但是，我们所生活的时代，是一个风起云涌的时代，"凡是生存的，必将灭亡"[2]。这就是为什么我从来不相信远期信用证或者公债的缘故，所以，请你们振作起来，其他的都对它嗤之以鼻。总而言之，我活着的时候，工作进行得异常的好。为此我深感自豪。在整个俄国,我们的所在,是唯一的一片绿洲,尽管也有风风雨雨,尽管也有紧张和压力,但是工作和斗争仍然保持旺盛的势头,其发展之迅速,就是比最自由的"宪章时期",也是有过之而无不及的。别的姑且不谈,仅抵抗这个概念(今后将成为全俄国的榜样),就是我们的杰作。

至于身体,我目前还好。他们可能很快就要把我转到另一所监狱,因为我的案情很重。到时再告诉你们啦。

亲爱的,你们都好吗?孩子们,格兰尼和汉斯,你们在干些啥?请向弗兰西斯库斯[3]转达我最诚挚的问候。希望《前进日报》因为有了坚强的(汉斯·)布劳克,情况又出现了好转。

你们的 安娜

(郭颐顿 李映芳 译)

注释

1 意第绪语,意为"疯子"。
2 参见歌德的《浮士德》第一部。
3 弗兰茨·梅林的绰号。

致考茨基夫妇

（1906年3月15日收讫）

最亲爱的卡尔：

只写几句。我很好。今天或者明天就要转狱。现在，只有一个要求：《莱比锡人民报》的记者——柏林的奥托·恩格尔曼先生[1]（你当然是认识他的。就是那个在柯拿纳大街住了不少日子的金发男士），也被关在这家狱中。要是现在《莱比锡人民报》的编辑们被问起是否确有此事，那么他们应当予以证实，说他在几个月前作为《莱比锡人民报》的记者被派往华沙。（如果有人问起同样的问题，只是当事人的姓名不同，那么他们也应同样予以证实。）我已经得到了家人的消息，很遗憾，他们对我的被捕感到那样的悲哀，并且为你们增添了无数的麻烦。我本人平静如水。朋友们坚持要我致电维特[2]，坚持要我给这里的德国领事写信。对此要求，我一概不予考虑！对于一个社会民主党人提出的合法庇护要求，这些先生们往往会拖上很久。革命万岁！快活一点儿，振作起来，不然我真的要生你们的气了。外面的工作进展得不错。我已经读到了一些新出版的报纸。乌拉！

你们的真诚的　罗莎
写于华沙监狱

你们的信可以直接寄给我收。用不了几天，收信人的地址就可以写：华沙，奥兹尔纳街，保拉克监狱，政治犯某某收。

（郭颐顿　李映芳　译）

注释

1　卢森堡的爱人利奥·约基希斯使用的假名。
2　谢尔盖·维特（1849—1915），1905年至1906年任俄国总理大臣，镇压1905年革命的刽子手。

致考茨基夫妇

[明信片上未署日期]（1906年6月11日）
邮戳为：黎万托

最亲爱的露露：

今天收到一包你寄来的书籍（邮票被人小心地撕掉了，所以看不出邮戳上的日期）。万分感谢。

现在我想趁早再请你寄一份（古斯塔夫·）施穆勒论政治经济学的那篇文章的摘要，是发表在《袖珍手册》上的。你上次寄来的摘要，跟我需要的不是一码事儿。我要的不是他给政治经济学下的定义，而是他那段关于政治经济学——作为一门科学——为什么只能够在18世纪崛起的解释（即为了满足建立在现代中央集权基础上的政府需要）。劳烦你把那份摘要以信的方式寄来！

等一会儿或者明天，再给你写一封更为详尽的信，这张明信片只是为了宽慰你，报告书籍已经平安抵达。拉瓦锡[1]说得没错：世界上的物质，是不会消失的。只是有的时候，物质运动得太慢了。向大家致以诚挚的问候。匆匆即此。

你们的　卢

（郭颐顿　李映芳　译）

注释

1 安东尼·拉瓦锡（1743—1794），法国科学家，基本上可称为现代化学之父。他驳斥了燃素学说，并且还撰写政治经济学的论文。在恐怖统治时期，拉瓦锡被杀。

三

魏玛"国家监狱"中

1907年6月—1907年8月

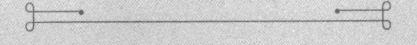

致克拉拉·蔡特金

（约1907年8月1日）

最亲爱的克拉丽！

兴味十足地读完你的校样。表述如此鲜明、清晰，令人信服，我想不出丝毫可添加的了。[1]尤其喜欢那些论及"与男子同等条件下的妇女权利"的内容……我有两个小小的建议标在第二、三页，不过并不大重要；你可以不用。第二页，提到俄国的母性权利，作为地方性妇女选举权问题的论证。我倾向于删掉"母性权利"一说，因为妇女选举权，在俄国村社里，几乎等同于中世纪时关涉家务的自然权利形态。而你前几行多少已经谈过了。还有，第三页，最后一段谈到家庭的革新与妇女的工作，直接派生于工业化进程中自然经济的解体。好吧，中世纪晚期，在城市，自然经济为货币经济所取代。而只要行会手工业存在，妇女就永远是家庭幸福的守护人。唯有机械化工业的到来，才能使大规模的妇女工作和童工的应用成为可能，使家庭分崩离析。这样，与其谈及自然经济，不如提到机器。对于美洲，你肯定跟我一样不大熟悉，不过这个，说到底，属于吹毛求疵了。

如前所说，整部著作精警非常，令人耳目一新。还得加上一句，真是个宝藏。关于妇女世界现状的臃塞，我一无所知……我们会再见的。无数个吻，直到见面。

你的 罗

（胡雅莉 译）

注释

1 指克拉拉·蔡特金题为《妇女选举权问题》的著作（1907年，柏林）。

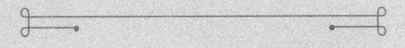

四

柏林巴尔尼姆狱中

1915年2月—1916年2月

致玛蒂尔德·雅可布[1]

（日期不详，星期日）

亲爱的雅可布小姐：

非常非常感谢您寄来的漂亮花束，并且还是我心爱的花：可爱的银莲花！您让我觉得的确十分愉快。可是，《北德总汇报》说得也有道理：德意志民族目前如此浪费，好像祖国没有处于危难之中似的。如果这个民族再不节俭一点，我们如何能够"容忍"？……

您关于咪咪[2]的想法让我觉得，即使是心地善良的人，特别是就这一想法而言，也无法理解世间事物的无助和脆弱。把咪咪装进篮子，带它走一天，然后再送走！就像对待家猫族类的一只平常的动物那样！而您这位善良的人知道，咪咪就是一株小含羞草，是猫族的一位过分敏感的小公主。我这位挑剔的母亲曾想用暴力把它逐出家门，那时它便因激动而痉挛，在我的臂弯中变得僵硬，小眼睛呆滞无神。我只好又把它抱回家，过了几个小时它才回过神儿来。说真的，您无法理解当时我的母爱之心经历了怎样的痛苦。因此，我们就让咪咪留在家里吧。一想到即将面临的、然而无法避免的转移监狱——想到3月31日前必须把它送到格吕内瓦尔德的寓所……我就感到害怕。而如果您一个人来，我会感到非常高兴。可是我明天和后天要接受两次"不能推迟的"事务性的拜会，因此我希望您星期三——如果您想把自己的时间像不义之财那样打发掉的话——来我这里。

致以衷心的问候！

您的　罗莎·卢森堡

（柴方国　译）

注释

1. 玛蒂尔德·雅可布（1873—1942），出身于犹太人家庭，卢森堡的私人秘书，在卢森堡入狱期间，她作为挚友照料卢森堡在狱中的日常生活之需，负责卢森堡与外界的书信联系。1942年夏天被捕并遇害。
2. 卢森堡养的一只猫。——译者注

致玛蒂尔德·雅可布

（1915年，星期二）

我亲爱的雅可布小姐：

您在星期日寄来的信是我从外界收到的第一个书面问候，它使我感到非常高兴。刚才又收到了您的第二封信，对此我向您表示衷心的感谢。请您无须为我担心：我的健康状况和"处境"很好，甚至乘"绿篷车"转狱也没有引起我的恐慌：我在华沙就已经历过同样的遭遇。啊，两次转狱有惊人的相似之处，那就是我每次都产生了许多愉快的想法。当然，其中也有不同之处：俄国宪兵是把我当作"政治犯"有礼貌地护送的，而柏林警察则声称我是什么人这"无所谓"，他们把我塞进了车厢，而里面已经有九个"同行"了。

您看，这些终归是些琐事，不要忘记，无论发生什么，都要冷静地和乐观地面对生活。我在此也在必要的程度上采取这种态度。此外，为了不让您过高估计我的英雄气概，我得愧疚地承认，当我一天两次被勒令脱去衣服搜身的时候，我是竭尽全力才忍住泪水的。当然，我当时对自己的懦弱感到气愤，现在也是如此。另外，在狱中的第一天晚上，让我吃惊的不是牢房，也不是突然同生活世界分离，而是——您猜——这样一种事实，即我得在没有睡衣、无法梳头的情况下坐牢。就此而言，有一句经典名言说得不错：您可以回想一下《玛丽亚·斯图亚特》的第一幕，当玛丽亚的首饰被夺走时，她的乳母肯尼迪夫人说道，"生活中失去点缀"比遭遇巨大的灾难更让人伤心（您可以去查阅一下，席勒写的比我在这里说的更优美一些）。看，我胡想到哪里去了？愿上帝惩罚英格兰，原谅我把自己同英格兰女王[1]相比！顺便说一句，我现在已经有了睡衣、梳子和肥皂之类的"生活小点缀"——多亏卡尔[2]天使般的善良和耐心——生活也就有序了。我很高兴自己能够起得很早（5点40分），专心等候太阳女士效仿我的榜样，这样我可以因早起而做点什么。最美不过的是在院子里散步时可以看见鸟，听到鸟叫：一大群顽皮的麻雀有时叽叽喳喳不休，我奇怪居然没有哪个严肃的警察到它们"当中"去管管它们；还有几只乌鸫，那只黄嘴的雄鸟叫起来同我在绥登南见到的那些乌鸫完全不一样。它胡乱啼叫，让人不由得不乐。或许到三、四月间它才会知道羞愧并且规规矩矩地啼叫。（又及，我现在自然会想到我的住处附近那些可怜的麻雀，它们再也无法在阳台上找到我为它们摆放的食物，大概正在诧异地站在栏杆上。[看到这里您肯定会掉几滴眼泪，那种情景是感人的！]……）

亲爱的雅可布小姐，我向您表示自己对世间人物所能奉献的最高敬意：我要把我的咪咪托付给您！只是您还要从我的律师那里等候确切的消息。到那时您要乘车把它抱在臂弯里（而不是把它装进小篮子或口袋！！！）接走，最好带上我的女管家（我是说只在乘车时，而不是在整个生活中），让她帮助您，照管咪咪的所有七件事（它的小床、细砂、碗碟、垫子以及——千万记住——一个红色的长毛靠垫，它对此已经习惯了）。所有这些东西在车里应该能装得下。当然，如前所说，我们还要等几天。

您现在做什么？读书多吗？我希望如此。除了吃饭、散步和打扫牢房以外，我实际上整天都在读书。最好的时间是一天的高峰时刻：每天晚上7点到9点我可以在灯光下安安静静地为自己的思想工作两小时。

遗憾的是，Z.夫人[3]如此激动，让我为她感到不安。

在此多次地问候您，祝您健康和愉快。

您的　罗莎·卢森堡

显然，我衷心期望见到您，但是，我们还要等待时日。我只获准接待少量的客人，目前已经安排我的律师来这里了。此外，到我的住处取走您的花瓶。

（柴方国　译）

注释

1　玛丽亚·斯图亚特实为苏格兰女王。——译者注
2　可能是指卡尔·李卜克内西。——译者注
3　指克拉拉·蔡特金。——编者注

致玛尔塔·罗森鲍姆[1]

（1915年3月12日）

亲爱的罗森鲍姆同志：

终于有机会给您写几行字了，不过您给我的下一封信里最好别提及这回事儿。由衷感谢您5号的问候和那些花儿，它们还在我的小桌子上呢。说真的，花儿开得出奇的好。我也视它们为掌上明珠；每一瓣雪花莲、每一朵水仙，每一天都受到检阅。的确，这些都是"禁品"，可毕竟送到我这儿了。事实上，5日，出人意料地——仿佛事先安排好似的——我收到这么多信和花儿，它们自己一举冲毁了严厉的"制度闸"。

至于我这里，突如其来的，像电话聊天中途被掐的境况，起先我很是慌张，却又不由发笑。

这样我有些计划被破坏了，但愿不是全部的。终于，两周后，我收到了我的书籍，以及工作的许可。您能想象吧，这话可用不着他们说第二遍！

我的身体终将适应本地那多少有点古怪的饮食。重要的是，它不再影响我的工作。想象一下，我每天 5：40 准点起床！当然，晚9点我得上床——假如您能称这器具为"床"的话。我每天早上将它撑起，晚上再铺下来；白天，它像块墙板贴墙而立。

报纸是我与世界历史之间唯一的联系方式，在报上，我看到日新月异的进展。您那么偏爱哈阿兹（·胡戈）[2]，大概对他倍加关注。可是，他对时政的所有不满和批评，都随着他的投票记录而一举坍塌，轰然作响——此外，他绝不可能找到正确的声音，若非卡尔·李卜克内西在州议会上强有力的音调，使人民回想起那曾感动过他们的声音，且表明我们的所作所为，还有些什么可堪一表。

大体上，我状态良好，满怀信心。历史的确掌握在我们手中。附上对库尔特（·罗森费尔德）的问候。就这些，感谢您做的每一件事。不时写几行字来。毕竟，我只被允许"每月写一封"。

您热烈的　罗·卢

又及：在电话里谈及我和此信时，请务必谨慎。

（胡雅莉　译）

注释

1 玛尔塔·罗森鲍姆（1867—1940），罗莎·卢森堡最好的朋友之一，SPD（德国社会民主党）成员。库尔特·罗森费尔德是其侄。
2 哈阿兹·胡戈（1863—1919），SPD元老，倍倍尔死后成为领袖。本人虽反战，却遵党纪投下战争的赞成票。1915年，他辞去领导职位并加入USPD（德国独立社会民主党）。1919年遭暗杀。

致玛蒂尔德·雅可布

（1915年4月9日，星期五）

我亲爱的雅可布小姐：

但愿您在星期日能及时看到这封信，这是我的愿望。从内心里非常感谢您的那些来信，我读了许多遍，觉得十分愉快。今天收到第二封信（寄自耶拿，我不熟悉您在那里所住的旅馆），其中附有精美的附件。看到咪咪的照片我非常高兴，每当我看到它，总是忍不住要笑。每当人们"试图接近"它时，它便露出照片上显示的这种野性。这种情形我自己也经常遇到，因此，只要看一眼照片，我就几乎听到它发出不满的呼噜声了。照片照得极其出色，而对那位如此关心咪咪的年轻医生我也从一开始就产生了极大的好感。特别感谢您寄来的花，您完全不知道这对我来说是一件多么大的善事。它意味着我又可以收集花卉了，而收集花卉则是我的爱好和工作之余最好的休息之道。我不知道是否向您展示过我的植物标本簿，从1913年起，我在那些标本簿里登记了250种植物，并且所有的植物都保存得很好。跟其他图集一样，所有的植物标本簿都在这里。现在我可以在"巴尔尼姆大街"的题下专门新设一册。由于您寄来的所有小花恰好是我所没有的，因此就把它们收进来了。我特别喜欢金星花（随第一封信寄来的黄色小花）和白头翁花，因为在柏林一带见不到这些花。采自冯·施泰因夫人故居的两片常春藤叶子也被收进标本簿，此前我还的确没有收集到常春藤花（它的拉丁文名称是 *Hedera helix*）。它的来源地更让我喜欢。除了獐耳细辛以外，其他的花都已精心压平，这对收集标本来说是重要的。

知道您游览了许多地方，我为您感到高兴。对我来说，参观博物馆或类似的地方则是一种惩罚，到那种地方马上就会得偏头痛，感到累得要命。对我来说，唯一的休养之道是在阳光下散步或躺在草地上享受阳光，那时我会观察细小的甲虫，或者盯着云彩发呆。如果我们将来一起出游的话，这倒是个问题。不过，我一点也不会妨碍您去参观自己感兴趣的一切，当然您也要谅解我。您当然会做到两者兼顾，这将是最好的办法。

我在"18世纪法国展"上看见过汉密尔顿夫人的一幅画

像。我不记得画家叫什么名字了，只记得画法刚健有力，色调强烈，画像呈现出一种让我惊颤的粗犷而带有挑衅性的美。我倒是喜欢那种柔和一些的妇女类型。在这次画展上，我还清晰地看到勒布伦所画的拉瓦利埃女公爵的一幅画像，浅灰色的色调同透明的脸部、蓝色的眼睛和浅色的衣服搭配得恰到好处。我看到此画时几乎驻足不前，它体现了革命前法国的所有精美和讲究，这是一种带有一点腐朽味道的真正的贵族文化。

您正在阅读恩格斯的《德国农民战争》，这很好。您读过齐美尔曼的著作吗？实际上，恩格斯所论述的不是历史，而完全是一种农民战争的批判哲学。齐美尔曼的著作则对史实有详尽的叙述。如果让我到维腾堡地区那些毫无生气的村庄走一走，穿过那些散发着臭气的粪堆，目睹家鹅伸长脖子叫着不愿给汽车让道，听到满怀希望的乡村少年跟在后面叫骂，我将无法想象，正是在这些村庄曾经响起世界历史的隆隆脚步声，曾经有戏剧性的人物在那里活动过。我现在阅读德国的地理史作为消遣。您能想象得到，有人在阿尔冈纪时期——即任何有机物的迹象出现之前的地球史上最古老的时期，亦即无数万年以前——的黏土片中，即从出自瑞典的这种黏土片中，发现了一场瞬时暴雨的雨点所留下的痕迹?！我无法向您诉说这种来自远古时期的遥远的问候对我产生了多大的吸引力。我读任何读物都不会像读地理学这样全神贯注。

此外再谈谈施泰因夫人,尽管我非常看重来自她的故居的常春藤叶,但我还是要说(愿上帝惩罚我),她是一个蠢女人。当歌德与她断绝关系时,她的举止就像一个胆怯的洗衣妇。我坚持认为,一个女人的性格如何,不是表现在爱情开始的时候,而是表现在爱情结束的时候。在歌德所有的情人当中,我也只喜欢文雅、谦逊的玛丽安娜·冯·维勒默尔,即《西东集》里的"苏莱卡"。——您正在进行必要的休养,这让我非常高兴!我的状况很好。

致以衷心的问候!

您的 罗莎·卢森堡

替我向迪伦弗特小姐表示衷心的问候;我很高兴知道了她的地址。

(柴方国 译)

致玛蒂尔德·雅可布

（1915年10月2日）

我亲爱的雅可布小姐：

我刚刚获悉，人们最后忘记把我的小包裹交付给您派来的那位友好的信使。我本来想请您把我的鞋拿去修理一下。您下次派信使来时，请让他把包裹带走好吗（另外，我还需要药水，而不是油）？您的花摆在我的桌子上，美艳无比。金鱼草的所有花蕾正在绽开，紫菀和紫罗兰也在开放。正如您照料我们的咪咪一样，我也同样悉心地照料这些花卉。此外，让我感到惊讶的是柳絮，我过去不知道柳树放到温室里在这个季节里也会开花。您送来的柳树在野战医院的院子里已经长得差不多跟我一样高了（当然这并不说明什么)。——您听到有关卡尔的什么情况吗?他给什么人写过信吗?请您尽快告诉我!我还向埃娃女士打听过消息,昨天给她写过信。我渴望从您那里得到好消息。

衷心拥抱您和咪咪!

您的 罗莎

(柴方国 译)

致玛蒂尔德·雅可布

（1915年10月5日）

我亲爱的雅可布小姐：

您让我突然间变得如此富有和快乐，我得赶快表示感谢。对我来说，您真的就像童话中那张"会开饭的小桌子"[1]。几乎还没等我提出要求得到好消息的新愿望，您的信就已送到了；由于漂亮的花束给我的牢房带来那么多的色彩和香气，并且还由于想到您就在附近，我现在都变得有些傻乎乎了。哪怕能见上您短短的一面也好啊！……首先谈最重要的事情：花。您是否也知道您送来的花是多么珍贵？不管怎样，这样说吧：带有棕色丝绒般花蕊的较小的黄花是旋覆花（土木香），类似于向日葵的大黄花是菊芋（洋姜），还有一种极小的黄花长着许多粒状物，香气袭人，它们是加拿大一枝黄花，所有这三种花都属于菊科；那些带有漂亮的浅红色小叶子的自然是花楸，枝条深红的是洋李或"土耳其樱桃"，属于蔷薇科的观赏植物；最后一种花枝上带有细叶，叶子下边呈灰色，上边呈深绿色，那是柳叶状的沙棘。紫菀的颜色非常漂亮——整束花简直是一幅秋天风景画。听说我们的"老先生"[2]已经好转，我感到由衷的高兴。他就如同那些大树，一点小病就使他像小孩子一样倒下，但很快又会站起来。我昨天收到卡尔的一封信，虽然他又像从前那样写得很热情，可是，他各方面的情况显然还很不好，当然，至少可以看出他正在好转；然而，这封信是他在25日写的，从那以后他的情况如何就不得而知了。他收到了我的明信片，我很快还会告诉他一些情况。克拉拉也给我写了一封短信。

您今天的信为何写得如此低调和哀伤？究竟发生了什么事情，抑或是我的耳朵欺骗了我？希望您告诉我您所经历的一切，不管是好是坏，最糟糕的事情莫过于不知情了。格罗兹[3]怎么样？他又放弃了自己的工作还是缺乏活力？您应当教教他如何保持热情。——同往常一样，我还准备好了几项请求：（1）一只杯子！最好还是原来那样的样式：有棕榈叶图案。原来那只漂亮的杯子已经毁掉了。（2）杜冈-巴兰诺夫斯基的第二本书（《马克思主义理论基础》），它就摆在我的大书架上。当然，这些东西等到下一次再寄来就可以了。

四　柏林巴尔尼姆狱中

我非常赞成您提出的在我家阳台上招待罗伯逊夫人的主意,并希望您在那里过得愉快。

还有一件小事困扰着我。您是否确实用我的钱付账,并把所有这些烦琐的开支都记录下来了?倘若您能让我安心的话,我会感激不尽。

多谢您寄来的樱桃,它们真是极品,承蒙您的好意,我今天吃了一顿丰盛的晚餐。

衷心地拥抱您和咪咪!

您的 罗莎

我刚发现我的内裙上换了一条崭新的腰带。您真是一位魔术师,什么东西到了您的手中都会变得年轻!可是,您何必在这些琐事上浪费时间和精力呢?这让我觉得十分不安。

(柴方国 译)

注释

1 典故出自格林童话。——译者注
2 指弗兰茨·梅林。——译者注
3 指利奥·约基希斯。——译者注

致玛蒂尔德·雅可布

（未署日期）

于柏林女子监狱

最亲爱的弗罗林·雅可布！

在即将来临的周日，让我送上一份快乐的冬日问候。并请致信克拉拉（·蔡特金），告知我已获悉她儿子的消息，请她不必担心。

我想听听您对《皮特与狐狸》[1]的看法。周日您将收到我刚完工的《布瓦洛诗集》[2]，我应允您好久了。布瓦洛相当乏味，可是依据"传统教育"，非得读过他的书不可。有时他也还算幽默；如《讽刺诗之六》的开篇写得很好，《之七》的结尾也挺精彩。——您找到《阿纳托尔·法朗士文集》[3]了吗？还有个问题：您家里可有迈尔的《百科全书》？若有，我想请您帮我定期抄点儿东西过来。绥登南太冷了，我自己这本根本用不上。需要的资料不能马上查阅时，工作起来可讨厌了。热烈拥抱您和咪咪。

您的　罗

（胡雅莉　译）

注释

1　弗里德里希·胡赫（1873—1913）著。
2　尼古拉·布瓦洛（1636—1711），法国新古典主义诗人、批评家。
3　阿纳托尔·法朗士（1844—1924），人文主义者，德莱弗斯的拥护者，是当时最受欢迎的作家之一。

致玛蒂尔德·雅可布

（1915年11月5—6日）

我亲爱的雅可布小姐：

我只想写封短信告诉您，承蒙您的好意，此间的食物已经很充足了，因此，您在星期二只需带一些沙丁鱼来就够了。您想给我寄诗集来，这个主意非常好。我已经很长时间没有读诗了（歌德的作品除外，那是我须臾不可缺少的）。我过去对荷尔德林的诗几乎一无所知（唉，惭愧！）。我觉得他的诗有点儿过于张扬，例如，只要把他的诗歌《写给希望》与默里克同一题目的诗作个比较，就会发现后者的诗显得更加恬静和富有诗意！此外，雨果·沃尔夫还把默里克的那首诗谱成一支优美的歌曲。到星期二的时候，我会把荷尔德林的诗歌和里卡尔达·胡赫的《费德里戈·康法罗尼里伯爵的一生》一同交给您,您对后者大概还不了解。我几乎读过胡赫所有的作品,觉得《费德里戈·康法罗尼里伯爵的一生》是最好的。亲爱的朋友,您想把"大个子迈尔"[1]从绥登南搬到这里来吗?我笑坏了。我该把这套22卷四开本的书放到哪里呢?不,您先把它们放在那里,我这里还能凑合。——我对克拉夫特迈尔·冯·沃尔佐根的书有所了解,但我很想再读一遍,如果再找到它,请顺便把它带来。——我十分熟悉十大功劳和冬青,两片叶子来自完全不同的植物,我会在下一封信中把它寄给您。

感谢K.夫人[2]的来信。克拉拉也给我写了信。衷心拥抱您和咪咪!

您的 罗莎

Das Solanum Lycopersicum,译成德语就是"番茄",那是一个出色的想法,我沉醉于其间。

(柴方国 译)

注释

1 指《迈尔大百科全书》。——译者注
2 指露易莎·考茨基。——编者注

致玛蒂尔德·雅可布

（1915年11月10—11日）

我亲爱的雅可布小姐：

您真是太好了！又寄来了一袋子东西，而您上个星期送来的食物我还没有吃完呢！我的糖足够我以后在这里开个小食品店了（我每天只吃一块半方糖，而您却整公斤整公斤地给我寄来）。多谢您寄来好看的紫菀和里卡尔达[1]的书。我当然马上就认真地阅读了她的诗集，但是，我得承认：当众渲染女性的色情一直是令我难堪的事。正如我们的奥艾尔[2]曾经说过的那样："不能怎样做就怎样说。"无论如何，我还是喜欢她的散文。不过，您把她的书送给我，这毕竟让我高兴。——如果您下次见到贝蒂娜，请替我向她表示衷心的

四　柏林巴尔尼姆狱中

问候。——关于老先生来访的事我是这样想的：从内心讲，我很愿意见到他和小埃娃，但11月的探视机会已答应给玛蒂尔德·乌尔姆了，因此，老先生大概要到12月才能有机会来。此外，我还很想再见到R.夫人。或许她在12月份可以找机会替您来这里一趟。——另外，我今天还给老先生写了一张明信片。

衷心地拥抱您和咪咪！

您的　罗莎

能给我寄来我的N.Z.[3]索引吗？

天哪，请您不要叫我"亲爱的好人"。您这是跟克拉拉学的，我可承受不了这个昵称。

还有一个请求：再给我带些酒来！我快变成真正的酒鬼了！

（柴方国　译）

注释

1 指女诗人里卡尔达·胡赫（1864—1947）的书。——编者注
2 第一次世界大战前德国社会民主党领导人之一。他支持伯恩施坦的修正主义思想，但告诫他不要公开说出来。——译者注
3 《新时代》，德国社会民主党的理论刊物。——译者注

致《新时代》全体编辑的信

（1915年12月25日）

于柏林

同志们：

2月，弗兰茨·梅林将年届七十。我想征询各位，是否希望我为此写一篇约一页半的短文，及何时截稿。文章须在我被释前送至你们手中，而我希望避开这里的审查，故不能直接向各位公开征询意见。（当然，此文在我恢复自由后方可面世。）

基于上述原因，请以同样的途径予以回复。

致以社会主义者的问候，

罗莎·卢森堡

（胡雅莉 译）

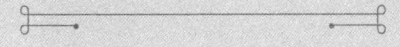

五

柏林巴尔尼姆—佛龙克—布累斯劳狱中

1916年7月—1918年11月

巴尔尼姆狱中

致玛尔塔·罗森鲍姆

（未署日期）

于监狱

最亲爱的玛琛：

昨天你来探监，真是把我给乐坏了。亲人相见，倍感亲切，我真的希望，今天和星期天还能如此。对我来说，坐牢等于是一次精神大餐，我得花好几个星期坐下来慢慢享用。你的亲近，我的好玛尔塔，使我倍感温暖。过几天你还会来，是吗？我已经开始期待下一次的见面了。也就是说，要是我还待在这座监狱的话。

总而言之，你完全可以对我放心。我现在是在不折不扣地遵守医嘱，并且坚定地希望，出狱那天身体会更健康强壮，让你们所有的人都为我的斗争和工作感到骄傲。斗争既多，工作也不少。但是我绝对没有灰心丧气。最亲爱的，每当条件变得最绝望的时刻,历史总是知道该怎么正确处理的。我这里并不是想要宣扬宿命论。相反,人的意志,一定要把它推到极限;我们的工作,就是尽可能地进行有觉悟的斗争。但是我的意思是说,现在,在一切似乎都显得那样绝望的情况下,对群众觉悟的影响,成功与否,还取决于历史的那些基本的、深藏不露的、曲里拐弯的弹簧。从历史的经验以及我在俄国的个人体验,我深知,每当从表面上看,一切都是那么绝望、那么乱糟糟的时候,一场翻天覆地的变化,也正在酝酿之中,而且这种变化,将会来得更加暴烈。千万不要忘记:我们是受历史的发展规律束缚的,而历史的发展规律,从来也没有出过差错,即便是它们没有完全按照我们制定的规划办事。不管怎么说,昂起你的头来,千万不要丧气。紧紧地拥抱你,并致以最诚挚的爱。

你的 卢

(郭颐顿 李映芳 译)

致海因里希·迪茨[1]

（1916年7月28日）

于柏林

亲爱的迪茨同志！

您或已知悉，我又有了大量富余的"闲暇时光"，得以完成那些未竟的书稿，准备出版。不知您是否有意出版我的如下书目：

1. 经济学书稿，题为《资本积累与帝国主义——反批判》。是应党报的抨击，为我在《前进日报》社出版的那本书所做的辩护。但它也是一部独立的作品，采用通俗的解说表述观点，数学公式则弃而不用。要论述马克思《资本论》第二卷关于帝国主义问题的来龙去脉，据我所知，这种通俗的解说方式尚属首次……

2. 一些普及性论文……以《国民经济学入门》

为总标题。每篇论文围绕其中某一特定论题。(①什么是政治经济学？②社会劳动。③—⑤经济学史［原始共产主义社会、封建经济、中世纪城市及行会系统］。⑥商品生产。⑦雇佣工人。⑧资本利润。⑨经济危机。⑩资本主义发展趋势。）前两篇已准备付梓，其他仍是讲义形式，可以陆续完成。

这一系列原是写给《前进日报》出版社的，他们现已出让了包括前述那部作品在内的所有权利，必要时，他们会以书面形式予以确认。

最后，3. 我正在翻译一本（弗拉基米尔·）柯罗连科的书，《我的同时代人的故事》。这是柯罗连科的自传，不仅是一流的艺术品，也是那个"大改革家"亚历山大二世时代的文化史的宏伟写照。它以灵动的笔法描写俄国从旧农奴制向现代资本主义过渡的改革。这部作品对当代德国读者具有特殊的吸引力，因为故事就发生在沙皇统治下的西部边境，在这里，俄国、波兰、乌克兰——三个国家的人们不可思议地杂居在一处。我相信德国的广大读者会对它充满兴趣。因而，在向一位资产阶级出版商提出要求之前，我想先听听他本人的意见：您，作为俄国形势的研究专家，是否乐意引介我心爱的柯罗连科——在思想上，他是如此靠近我们，靠近德国的读者大众。我会写一篇译序，就柯罗连科及其在俄国文学史上的地位作个梗概介绍。您可以先试读书中的一部分，因为一年半以前，我为《平等》杂志增刊翻译过两个小章节。《平等》的编辑们自然会应您的要求，查找详细内容。

致以党的敬礼

罗莎·卢森堡

于柏林巴尔尼姆街10号皇家女子监狱保护性监管中

（胡雅莉　译）

注释

1　约翰·海因里希·威廉·迪茨（1843—1922），社会主义出版公司J.H.W.迪茨公司的创始人，1881—1918年担任议会代表。

致玛尔塔·罗森鲍姆

（未署日期）

我最亲爱的玛琛！

去波森找我的私人医生，波森，维多利亚街26/27号，雷曼医生。记下他说的每句话，以完全相同的途径传给我（别散播出去）。吻你。

你的 罗

（胡雅莉 译）

致宋娅·李卜克内西[1]

（1916年8月5日）

寄自柏林（巴尔尼姆街监狱）

我亲爱的小宋娅：

今天，8月5日，我才同时收到你的两封信：一封是7月11日的（!!），另一封是7月23日的。你看，寄到我这里的信比寄到纽约去的时间还长。同时，我还收到你寄来的书，为了这一切我衷心地感谢你。在你目前这种情况下，我不得不离开你。我感觉十分难过；我多么想跟你一起在田野里再散一散步，或者坐在厨房前面凉亭里眺望落日……我接到海密尔一张详细描述旅途见闻的明信片。我也非常、非常感谢你送我的荷尔德林[2]的集子。但是你千万不要这么为我花钱，这使我心里很难过。我也非常感谢你寄来的那些好东西和蚕豆。你快点儿写信,这样我本月内也许还接得到。我紧紧地、热烈地和你握手。你要和过去一样勇敢,不要沮丧。我很想念你。请你多多向卡尔和孩子们问候。

你的 罗莎

彼尔·洛蒂[3]的作品好极了,别的书我还没看。

(邱崇仁 傅惟慈 译)

注释

1 宋娅·李卜克内西,也译作桑尼亚·李卜克内西。卡尔·李卜克内西的夫人,卢森堡的好友。
2 弗里德里希·荷尔德林(1770—1843),德国抒情诗人。
3 彼尔·洛蒂(1850—1923),法国小说家,著有《冰岛渔夫》等。

佛龙克狱中

致玛蒂尔德·雅可布

（未署日期）

我亲爱的玛蒂尔德！

昨天接到巴尔尼姆监狱的来电，我的物品得清理出去，因为那间狱室要被征用。烦请您直接去那儿把我所有家当装箱。打包的物品或可在什么地方寄存更长时间。

更紧要的请求：请别去找最高司令部或地方司令部。别为我作任何的请求或要求，这是我坚决的愿望。

多次问候您。

您的　罗莎·卢森堡

（胡雅莉　译）

致宋娅·李卜克内西

[明信片[1]]（1916年8月24日）

寄自佛龙克

亲爱的宋尼契嘉[2]，现在我不能跟你在一起了！这件事使我非常难过。但是请你昂起头来，有些事今天虽然是这样，但迟早一定会改变的。你现在必须到别处去——随便到哪个乡村去，到野外去，只要那个地方美丽，有人照顾你就行。你继续待在这里，使你的身体愈来愈坏下去，这是毫无意义的。要等到终审恐怕又得过几个星期。请你尽快地离开吧……如果卡尔知道你去休养，他一定也会感到宽慰。多谢你10日写的热情的短简和那么好的礼物。明年春天我们一定能一起在田野里，在植物园里漫步，我现在想到这件事已经高兴得不得了。但是现在你要离开这里，宋尼契嘉！你能不能到地中海去领略一下南国的风光？你走以前，我一定要见你一次，你可以到司令部去申请一下。请你赶快再写一张便笺来。不管怎样，你要安心、愉快！我拥抱你。

罗莎

衷心地千万遍问候卡尔。

海密尔和包壁的两张明信片我都收到了，我很高兴。

（邱崇仁　傅惟慈　译）

注释

1　写这张明信片的那天，卡尔·李卜克内西被判处四年徒刑。
2　宋尼契嘉、宋儒莎均系宋娅的爱称。

致玛蒂尔德·雅可布

（1916年11月7日）

亲爱的玛蒂尔德：

请寄来我的：

蓝色套装和裤子，

可洗的外衣、和服，

防寒的淡红色内裙，

三条带宽边的床单、三条不带边的床单、三个枕套（都要带字母图案的）、四条手巾、浴巾、内衣裤（不要羊毛袜），

六条餐巾（要新的）、六条厨房用的手巾（要新的），

床前小地毯、脚凳、鞋拔子，

女佣床上的绿色缎面床罩、带花的白色小被

子、闹钟（调好!）、棕色空手提袋、带有艺术家图案的文件夹（米开朗基罗、特纳、费尔巴哈）、旅行毛毯和皮带，

我的印章。

至于书籍，请寄来：

巴尔尼姆街的所有书籍，但荷马的著作、《愤怒之子》、格里尔帕策的著作除外（我已经不需要它们）。

此外，还需要：

《路易·波拿巴的雾月十八日》，

《共产党宣言》（新购），

法文版《圣经》，

三位仲马[1]的学说，

马克思和恩格斯的遗稿，

拉萨尔的著作，

《德国地理》，

阿尔伯特·朗格：《唯物主义史》，

《民族学》，

存于我家图书室的马库利·克莱弗爵士的著作《德意志》（万有文库版），

吉卜林的第二本丛林小说（陶赫尼茨版）。

致以问候!

罗莎·卢森堡

何时寄书请等我的消息。

(柴方国　译)

注释

1　疑指大仲马、小仲马和让·巴蒂斯特·杜马。——编者注

致宋娅·李卜克内西

（1916年11月21日）

寄自佛龙克

我亲爱的小宋尼契嘉，我从玛蒂尔德那里听说，你的兄弟阵亡了。你又受到这样一个打击，真使我非常震惊。最近一个时期，你要忍受多少痛苦啊！而我却不能在你身边，给你一点温暖和鼓舞！……我也替你母亲担心，她怎能忍受这样的悲痛啊。这真是一个万恶的时代，我们一生中谁都能开出一张很长的死亡名单。现在简直像当年塞瓦斯托波尔的情景，真是度日如年啊![1]但愿很快就能看到你，我一心渴望着这件事。你是怎么得知你兄弟的噩耗的，从你母亲那里还是直接得到的？关于另外一个兄弟有什么消息吗？我真想通过玛蒂尔德送给你点儿什么，可惜我这儿除了一块小花手帕外什么也没有。你别笑话我；让它把我对你深挚的爱传递给你吧。赶快给我写几句话来，好让我知道你的情况怎么样。请你千万次问候卡尔。我热烈地拥抱你。

多多地问候孩子们！

你的　罗莎

（邱崇仁　傅惟慈　译）

注释

1　1854—1855年，英、法、土耳其联军围困塞瓦斯托波尔达11个月之久。

致伊曼纽尔与玛蒂尔德·乌尔姆夫妇

（1916年12月28日）

于佛龙克

最亲爱的蒂尔德：

我要马上回复你圣诞节的来信，因为它唤起了我心中的怒火。是的，你的信令我勃然大怒，因为，它尽管短，字里行间却处处表明，你何其严重地再次深陷在环境的影响之中！这种抱怨的腔调，这种"哎呀""哎哟"，关于你所体验的"失望感"——这失望感你归咎于别人，而绝不照照镜子，看看全人类的弱点是何其惊人的相似！你现在说"我们"，是指你那些沼泽样的、蛙样的朋友，而先前，当你和我在一起，曾意味着我这个友伴。你且等着，让我来款待"你们"。

在你忧郁的眼里，我总在埋怨你们这些人不

向着炮口前进。"不前进"就算好了！你们这些人不前进；你们甚至不走路；你们爬行。不仅是量，而是质的区别。总而言之，你们这些人是与我不同的动物物种，你们牢骚满腹，怨天尤人，胆小懦弱，半心半意，这些品性从未像现在这样与我格格不入，令我厌憎无比！你们以为肆意而为定会令你们满足，但因了它，人会被送进冷却器，会"一无用处"！啊！你们这些可悲的唯利是图者！你们时刻准备着拍卖那点可怜的"英雄主义"——可是只兑"现金"，哪怕只卖三枚铸铜便士。毕竟，"用处"在收银台上立竿见影。

对于你们这些人而言，正直高尚者的隽语从不曾有人说起："我站在这里，我别无选择；所以拯救我吧，上帝！"[1] 万幸，直至此刻，世界史并未由你们这种人书写。否则，我们不会有革命，我们很可能还活在旧制度之中。

至于我，虽说我从不软弱，最近更坚硬如钢，绝不再于政治或私人交往中退让半步。一想到你们的英雄，我就毛骨悚然：迷人的哈泽；迪特曼[2]，有着可爱的胡须和可爱的国会演说辞；那位朝秦暮楚的牧师考茨基，你的伊曼对其甘苦与共，唯命是从；高贵的亚瑟（·斯塔特哈根）——啊，无穷无尽！

我向你们起誓：我宁愿把牢底坐穿——在此并不是说，相较先前那些所在，我如今身处天堂；而是说，我宁可待在亚历山大广场日日夜夜不见光亮的监狱里，被塞进"C"（而无"W"）和铁槛之间的11立方米的单人房，在这儿，吟诵我的默里克——而不愿与你们的英雄（原谅这一措辞）"并肩战斗"，或者，总而言之，与他们扯上任何关系！即便康特·韦斯塔普[3]也胜似他们——并非因为他在国会里谈到我的"丝绒般的杏眼"，而因为他是个男人（man）！

告诉你们，一旦把鼻子再度探出墙外，我将用集合的号角、用鞭子的噼啪声、用大猎犬，来追猎你们这伙蛙类——我原想说，就像彭特西勒亚那样，但是老天作证，你们中可不止一个阿喀琉斯[4]！

这份新年问候分量够了吧？那就瞧瞧你如何做个好人！做好人是当务之急！那意味着坚定、清醒、愉快。不错，愉快面对每件事、任何事——而抱怨是弱者的事。做个好人，意味着必要时快乐地将自己的生命投入"死亡的怀抱"，而与此同时，醉心于每一个明亮的日子，每一朵美丽的云彩。噢，我没法为做好人的问题替你开一张处方。我只知道一个人成其为好人是什么模样，你原本也知道的，当我们在绥登南的田野上一连几小时漫步的时候，其时，夕阳鲜红的光芒正落在麦穗上。

这世界是如此美丽，即便恐怖重重。若无懦弱者和胆小鬼，它会更加美丽。来，仍给你一吻，因为你是个真心诚意的小人儿。新年快乐！

罗

（胡雅莉　译）

注释

1 这是马丁·路德在查理五世面前演说的名句,演说引发了宗教改革。
2 威廉·迪特曼(1874—1954),德国社会民主党人,USPD领袖,1918年任人民委员,1920年后重返SPD。
3 康特·韦斯塔普,国会保守派势力的领袖,后成为德国民族主义领导人。罗莎·卢森堡在信中表达的观感,说明极左与极右偶有调和。
4 见亨利希·冯·克莱斯特的剧作《彭特西勒亚》,这位亚马孙女王杀死了自己所爱的阿喀琉斯。

致汉斯·狄芬巴赫

（1917年1月7日）

佛龙克波森要塞

汉森，今天是星期天。对我来说，星期天总是一个讨厌的日子。自从被关押到这里以来，我第一次觉得自己有点像"那个拿撒勒的上帝那样可怜，那样的离群索居"。由于这个缘故，一个感觉油然而生：今天我一定要给汉森写封信。我沉默了那么久，让你生气了吧？虽然如此，每次收到你的来信，我都乐不可支，常常因为信中说的事情笑弯了腰，也常常想念你。汉森，什么时候我们才能够再在一起重温绥登南的美好夜晚？什么时候你才能够再喝着无数杯的浓茶，朗诵歌德的诗歌，而我和咪咪则在一旁快活得懒洋洋的？什么时候我们才能够再争论天文地理，至夜方休？什么时候才能够再看到你惊奇地瞥瞥手表，然后一把抓过帽子，疯也似地向着火车站飞跑，到拐角处还不忘给我吹一声《费加罗》的小调？

我担心，战争结束以后，宁静和舒适将不复存在。天哪，我一点儿也不想去参加即将到来的打闹！身边永远都是同样的谦谦君子，同样的"天生睿智"的柏林的阿道夫·霍夫曼[1]和他那难以言表的东西（对不起！），他穿的裤子就像是两根垮塌的陶立克柱子；永远都得看"烧饼神甫"[2]戴的那顶褐色的豪华宽边礼帽。想起这些事情将不断地围绕着我，至死方休，我就不寒而栗。"宝座崩塌，王国倾覆"，这个世界已经被掀得个天翻地覆，可是我却永远跳不出这个"恶性循环"。永远都是这么十来个人，变来变去都是老样子。所以还是听任不测事件的摆布吧！我还不知道自己会变成什么样子呢，因为你知道，我也是有千变万化的可能的。

我终于为你找到了一份恰当的差事，或者说是一门副业！你的主要任务，过去是、现在还将是为我的现世生活带来光明和欢愉，或者就像你在上一封信中所说的豪言壮语那样，做我的宫廷小丑。除那以外，你还得帮我们创造一种目前德国文学界还不存在的文体：文史体散文。

这种文学形式，绝非像弗兰茨·布雷伊[3]想象的那样，是各界精神阳痿者的避难良所。散文和音乐中的浪漫曲一样，是一种完全合法的艺术形式。为什么在英国和法国生发得如此绚丽多彩的散文，在德国就完全见不到呢？究其原因，我认为，是德国人的书呆子气太浓，而灵气又太少的缘故。如果他们知道些什么，马上就可以弄出一篇思想深邃的论文来，里面塞上几麻袋的引证，可就是不懂得怎样去写一篇轻松愉悦的速写。所以，鉴于汉森的灵气多过知识的事实，他似乎是将优美的散文引介到德国的最理想人选。我说这话，可不是开玩笑的！战争结束之后，阁下，你那种凤蝶一般翩翩飞舞在花坛草丛之间的生活必须结束。如果愿意，不妨找一本陶赫尼茨主编的《历史与批评散文集》来，仔细读读麦考莱[4]的作品。

西伦堡的闹剧给我的打击，要比你想象的沉重得多。它不仅粉碎了我的宁静，而且还破坏了我的友情。[5] 你也许会提醒我，做人要有同情心。你知道，对于任何生物，我都是颇具同情和爱怜之心的。就是一只掉进墨水池的黄蜂，我也会用温水给它洗上三遍，然后放在阳台上晾干，让它重返大自然。但是告诉我，在这一件事上，为什么我就毫不同情对方，毫不同情那个遭到火烤，每一天都要到但丁那个七层地狱去走一遭的人呢？另外，我的同情，和我的友情一样，是有个界限的。距卑鄙哪怕只有一发之遥，它就消失得无影无踪了。也就是说，我的朋友必须言行一致，表里如一，在公开场合是这样，在私生活里也应该是这样。但是，在公开场合以雷霆之声大弹"个人自由"的调子，在家里却以疯狂的态度去奴役一个人的灵魂，这种做法是我无法理解，也是无法宽恕的。在这个事件中，我没有看到女人天性中特有的两项基本要素：善良和自尊。我的上帝，如果我遥遥感到哪个人不喜欢我，那么我的心，就会像一只受惊的小鸟那样，立刻离他而去。就连瞥他一眼，似乎也是亵渎神灵的。一个人，哦，一个人怎么能够那样呢？

你也许会提醒我，为了这件事儿，你要受很多的苦呢。告诉你，汉森，如果我的好朋友对我说，你只能在做卑鄙的勾当和忧愤而死之间选择其一，那么就容我冷冷静静地告诉你：我宁愿去死。至于你，我则默默地坚信，是没有干任何卑鄙的勾当的本事的，哪怕连起这个念头的本事也没有。假如你那牛奶面包的脾气和永远冷冰冰的手有时让我气恼的话，我仍然要说：没有脾气是上帝赏赐的恩典，如果它能够使我确信，你绝对不会像一头豹子那样，去破坏别人的幸福和宁静。你知道，我的脾气可是火爆得很，足足可以点燃一场燎原大火。但是，别人的宁静和简单的欲望，对我来说，像是一座神圣的殿堂。我宁肯在它面前折戟下跪，也不愿意去亵渎冒犯它。够了！这段伤心事，除了你以外，对别的人我是不会提一个字的。

对了，我还没有感谢你寄来的圣诞礼物呢。当然，如果收到的不是"应景礼品"，而是你精挑细选的结果，我会更加高兴的。不过我知道，在你那个穷乡僻壤，你最多不过把你的钢琴或者勤务兵送上，而我这里连存放其中一样东西的地方都没有。这场战争什么时候才能停止？我们什么时候才能够再去听《费加罗的婚礼》？啊哈，我怀疑你是把征服法兰西的任务交给别人去了，自己则满足于征服法兰西的姑娘吧？你这个小不正经的东西！这就是战争没有什么进展的缘故吧？但是我不能容忍任何的"赘生物"的，听到没有？让我们来一个详细的报告或者"综合忏悔"。来信直接寄：佛龙克，I.P.要塞，吕贝克博士。要快点儿写呀。对了，忘了说我在这里身体很好。别担心。多寄几张照片和你的唠叨来。

你亲爱的　卢

（郭颐顿　李映芳　译）

注释

1 阿道夫·霍夫曼（1858—1930），参加过第二国际的成立大会、齐默瓦尔特大会和独立社会民主党的成立大会。1920年加入KPD，1922年又回到德国社会民主党。他是一个无神论者，出身贫寒，常常遭到资产阶级的刻薄嘲弄，其语气跟罗莎此处使用的大同小异。《魏玛宪法》之父雨果·普鲁斯穿的裤子，也曾被凯斯勒伯爵讥讽为"螺丝刀"。
2 指社会民主党人威廉·普凡库赫。
3 弗兰茨·布雷伊（1871—1942），德国前卫派作家及诗人。
4 托马斯·麦考莱（1800—1859），政治家、历史学家、散文作家，著有《英国史》。
5 指克拉拉·蔡特金的婚姻纠葛。多少年以来，她一直不准她的丈夫（比她年轻得多）跟她离婚。

致宋娅·李卜克内西

（1917年1月15日）

寄自佛龙克

……啊，今天有一刹那，我感到非常痛苦。3点19分火车的笛声告诉我，玛蒂尔德已经走了。我像笼子里的一头困兽，沿着墙走来走去，做我惯常的"散步"；我的心由于痛苦而痉挛起来，为什么我不能离开这儿，噢，只要能离开这儿啊！然而，我一有非分之想，立刻就受到打击，我必须服从；这没关系，我已经习惯了，像一条驯服的狗那样服从。让我们别谈我的事吧！

宋尼契嘉，你知道战争结束后我们将要做什么吗？我们一起到南方旅行去。我们要这样做！我知道，你梦想着跟我一起到意大利去旅行，这是你的夙愿。我却另有打算，我要把你带到科西嘉去。那里比意大利还要好。在那里我们可以忘掉欧洲，至少忘掉现代的欧洲。你想象一下，辽阔、雄伟的景色，到处是陡峭的高山和险峻的峡谷，上面是一片银灰色的光秃秃的岩石，下面是葱茏茂密的橄榄树、月桂和古老的栗树。一种太古时代的寂静笼罩着这一切——没有人声，没有鸟语，只是在不知什么地方的石涧中，一条小溪潺潺地流着，或者在高空，在悬崖绝壁之间，呼啸着劲风——这就是吹扬起俄底修斯[1]的船帆的那种风。你碰见的人物，也是和那里的景色和谐的。譬如说，忽然从山路拐弯的后边出现了一队人——科西嘉人走路的时候总是一个跟着一个，排成一直行，不像我们这里的农夫拥成一团。前面常常跑着一条狗，后面慢吞吞地走着一只山羊，或者一只驮着几口袋栗子的小驴子，最后跟着一匹硕壮的骡子，上面侧身坐着一个女人，两条腿笔直地垂在一边，怀里抱了个孩子。她笔挺地坐着，苗条的身躯宛如一株柏树，纹丝不动，旁边一个大胡子男人，坚定沉着地跨着大步，两个人都沉默不语。你会坚信：这就是神圣家庭[2]。这种景象你在那里随处都可以碰到。像素常碰到完美无瑕的景物时一样，我每次都激动得禁不住要在他们面前膜拜。那里圣经中的世界和古罗马时代的景象又呈现在你眼前。我们一定要去，像我曾经做过的那样：徒步横贯全岛，每夜我们在一个新的地方休息，每天我们在漫游的途中迎接日出。这吸引你吗？如果我能使你看到这个世界，那我是多么的幸福啊……

多念些书,你在思想上也需要进步,而且你是能做到这一点的——你还有朝气,还天真未凿。现在我必须搁笔了。祝你这一天愉快、安谧。

你的 罗莎

(邱崇仁 傅惟慈 译)

注释

1 俄底修斯为荷马史诗《奥德赛》的主人公,他在特洛亚战争结束后,回返故乡,在海上曾一度得到风神帮助,但因他曾经触怒海神,终于在海上漂流了十年。
2 据基督教传说,"神圣家庭"指圣母玛利亚、圣父约瑟夫和圣婴耶稣。

致玛蒂尔德·雅可布

（1917年2月）

寄出日期：2月7日

我亲爱的玛蒂尔德！

我已经感到内疚：玛尔塔今天来过这里，而我那时恰好情绪不好，不过下一次我会注意控制自己。您提出把我生日那天的探视机会让给露易莎，这绝对不行。我坚持我开出的证明。自两个星期以来我就在等待您的这次来访，并且迄今为止我每到生日那天总是接见您，而您现在却想用我的"本钱"表现自己的大度！我刚给露易莎写了信，请她5月份来。好了，请让我来决定谁该来这里，什么时候来。

今天我因侮辱警察罪受到判决：入狱十天并交罚款。请您敦促魏因贝格博士的事务所采取必要的行动。此项判决是柏林中区陪审法庭第136处于1月25日作出的,文档号码是136D Ⅱ 56516。在判决理由中所写的无非是对我已承认的事实的确认。

您也因为我的手指受伤感到不安吗?其实那并不严重:我只是在关柜子抽屉时用劲大了一些,忘记了小手指还在里边,等拔出来时它已经挤坏了。这就是当时的经过。

唉,玛蒂尔德,什么时候我才能再同您和咪咪一起坐在绥登南的家里,给你们朗读歌德的诗呢?不过,我现在就想给您背诵一首今天夜里又一次记起的诗(不知道为什么)。这首诗是那位可爱的瑞士人康拉德·菲迪南·迈耶写的,他还写过关于于尔格·耶纳奇的长诗。您现在坐好,把咪咪抱进怀里,像往常听我给您读诗的时候那样,做出一副小羊般可爱的表情静静聆听。好了,安静:

胡滕的忏悔

我此时在自己的墓地上行走,

嗨,胡滕,你想忏悔吗?

这是基督教习惯。我把手放到胸口,

生为人者谁无罪恶感?

我后悔对自己的职责明白得太晚,

我后悔内心的火焰跳动得太弱,

我后悔投入战斗时

没有攻击更锐利，行为更果断，

我后悔只有一次被逐，

我后悔经常被人的畏惧攫住，

我后悔那些没有伤口的日子，

我后悔那些不穿铠甲的时光，

我后悔，我带着悔恨忏悔，

从前没有更加果敢。

您要把这句结束语刻在我的墓碑上……您把这句话当真了吗，玛蒂尔德？哎，您对此置之一笑好了。无论在我的墓碑上还是在我的生活中都不会有傲慢自大的空话。我的墓碑上只能写两个音节"Zwi—zwi"。这两个音节就是大山雀的叫声，我能够模仿得很像，一听到我的声音，它们马上就会飞来。您想想看，这两个音节往常像闪亮的钢针一样直率而平淡，而从最近几天以来则带有一点胆小的颤音，一点细微的胸腔音。雅可布小姐，您知道这意味着什么吗？这是即将到来的春天轻轻吹来的第一缕气息——尽管备受冰雪和孤独之苦，但我们（大山雀和我）觉得——春天来了！如果我因为烦躁活不到那一天，不要忘记在我的墓碑上刻"Zwi—zwi"……除此以外什么都不要写。

十分渴望拥抱您和咪咪！

您的 罗莎

（柴方国 译）

五 柏林巴尔尼姆—佛龙克—布累斯劳狱中

致汉斯·狄芬巴赫

（未署日期）

  汉森！我疯狂期盼着你的到来！别制造惊喜。如有必要，来时请发个电报。另：(1)穿工作服来；(2)在这儿尽可能自然，像我们在家里一样。我也不会放弃那例行的见面吻；因为你若拘谨、忸怩，我必然更甚，那这次见面我们俩都会一无所获。好吧，耐心地等着你！

你热烈的　罗

（胡雅莉　译）

致伊曼纽尔与玛蒂尔德·乌尔姆夫妇

（1917年2月16日）

于佛龙克要塞

最亲爱的蒂尔德：

信、卡片和饼干收到——多谢了。别担心，无论你的防守反击多么莽撞，甚而至于向我宣战，我仍然一如既往地喜爱你。我不由微笑：你想跟我"交战"。年轻人哪，我可大占上风。没有人击倒过我，我倒挺想看看谁能办到。但我的微笑还另有原因：其实你甚至并不想跟我"交战"，而且你在政治上比你情愿相信的更依赖于我。我会一直充当你的罗盘，因为你率直的秉性告诉你，我有着一贯正确的判断力——因为所有扰人的细枝末节都会给我抛诸脑后：焦虑、制度、议会白痴，这些东西荫翳了别人的判断力。你针对我的口号——"我站在这里,我别无选择"——所作的全部辩论总计如下:好,随你便,但大众太怯懦,太软弱,不可能这么英雄主义。因此,得与他们的弱点,与这样的真理作战略配合:"小心驶得万年船。"

多么狭隘的历史观啊,我的小羊羔!再没什么比人的心理更无常的了。大众的心魂就像无边的海洋,永远承载着一切潜在可能性:死一般的平静和咆哮般的暴风雨,最消沉的怯懦和最狂野的英雄主义。大众从来都应时代环境的必需,大众从来都会随时变成全然不同的模样。一名好船长只能是那种依水面的瞬间变化制定海图,而不是那种懂得如何依天象或海水深度来预知暴风雨的人!我的小姑娘,对于政治领袖而言,"对大众的失望感"从来是最羞耻的陈词。一名成功的领袖,其战略不会顺应大众一时的情绪,而会顺应事物发展的铁律;他坚守自己的战略,不顾任何的"失望感",而至于别的,静静地交给历史去瓜熟蒂落罢。就此,让我们"休战"。我会很高兴继续做你的朋友。是否,如你所愿的,继续做你的老师,这可取决于你。

你让我回忆六年前的一个晚上,我们一起去施拉哈特湖观彗星。奇怪——我完全记不起来了。但你唤醒了我的另一个回忆。当时,10月的一个晚上,我和汉斯·考茨基(那位画家)坐在哈韦尔河边,与孔雀岛遥遥相对,我们也在等彗星。深深的暮色里,天际犹然闪耀着一线深紫色的微光,在哈韦尔河的倒映下，水面幻成了一朵硕大的玫瑰花瓣。一阵无形掠过，水上漾起幽幽的鳞纹，散布着密密麻麻的黑点。那是野鸭们。漫漫征途中，它们停在哈韦尔河上稍事休息，低沉的叫唤声一直传到我们耳畔——那声音充满了渴望，充满了豪气。

在如许美妙的氛围中，我们静静地坐着，仿佛被施了魔法。我看着哈韦尔河，而汉斯偶或看我一眼。突然，他惊骇地起身抓住我的手，叫道："你怎么啦？"瞧，一束流星在他背后划过，我沐浴在绿荧荧的磷光中；我看上去一定苍白得像鬼一样。而因为我突然暴跳起来，去看那幅他一无所见的奇特景观，他大概不得不以为我快死了。（后来，他为那晚的哈韦尔河绘了一幅美丽的大图画。）

你如今除了那"单一问题"即党的窘境而外，既无时间、又无兴致做任何事情。这是场灾难。这种片面，也会荫翳一个人的判断力；在任何时候人都应该活得丰满。

可是瞧瞧，女士，既然你去翻书的次数如此稀少，起码你得只看好书，而不是像你送给我的《斯宾诺莎小说集》那种粗俗之作。从这位犹太人的特殊遭遇中你想获得些什么呢？那些普图玛约[1]橡胶园里可怜的受害者，和那些身子被欧洲人拿来玩传接球游戏的非洲黑人，他们离我同样的近。你可记得那位大总参，其著作中关于喀拉哈里沙漠中特洛萨战役的言辞？[2]"那些濒死的呻吟声，那些行将渴死之人的疯狂叫唤声，渐渐消逝于死亡那庄严的沉默。"

噢，"死亡那庄严的沉默"，那么多尖叫声消逝其中，无人听闻。它在我心中响得如此强烈，使我的心脏没法留出专门的角落给那位犹太人：待在家里，不管世间有什么云朵、鸟雀以及人们的眼泪……

你的 罗

（直接把封口信件寄到这儿，别标上"战俘"字样。）

（胡雅莉 译）

注释

1 南美洲哥伦比亚的一条河流名。——译者注
2 20世纪初，在南非，德国将军冯·特洛萨（von Trotha）发布臭名昭著的灭绝令，要求手下部队对于任何敢于逃出喀拉哈里沙漠，企图回到被抢占的土地上的异族人，包括儿童和妇女，格杀勿论。——译者注

致宋娅·李卜克内西

（1917年2月18日）

寄自佛龙克

……很久以来，再也没有什么像马尔泰简短给我谈到的你去探望卡尔的情况那样使我悲伤了，他告诉我你怎样看见他站在铁栅栏后面，以及这事对你有了什么影响，为什么你瞒住这件事不对我讲呢？我有权分担你的一切痛苦，别剥夺我的权利吧！这件事使我生动地回忆起十年前我在华沙监狱里第一次接见兄弟们的情形。当时我被带到一个用铁丝编起来的双层笼子里，这就是说，一只小笼子四面脱空地放在一只较大的笼子里面，我们必须隔着两只笼子的闪闪发亮的铁丝网交谈。因为那时正是我绝食六天之后，我是那么虚弱，那位骑兵上尉（我们的典狱长）不得不把我连拉带拖地送到接待室,我双手紧抓住铁丝支持着身体,这样子更像动物园里的一只野兽了。笼子搁在室内光线非常昏暗的一个角落里,我的兄弟把脸紧贴着铁丝。"你在哪儿呢?"他不停地问,一面擦掉夹鼻眼镜上妨碍他视线的眼泪。——如果我现在能够坐在鲁考监狱的笼子里,代替卡尔承受这一切,我多么心甘情愿,多么欣慰啊!

请你代我向番姆弗尔脱表示衷心感谢,感谢他送我的高尔斯华绥的书。我很高兴昨天我把这本书看完了。当然这部小说远不如《有产者》那样使我喜欢,尽管它有强烈的社会倾向性;我不喜欢它,恰恰因为它的社会倾向性太多了。在小说里我不看它的倾向性,我要看艺术价值。因此这本《全世界的弟兄们》使我生厌,高尔斯华绥太俏皮了。我的这个见解大概不至于使你惊讶。萧伯纳[1]和奥斯卡·王尔德[2]也正是这样一种类型,这一种类型目前在英国知识界中颇为流行;这是一种非常聪明、文雅而又厌倦一切的人的类型,他们总是以嘲笑、怀疑的目光来观察世界上的一切。高尔斯华绥常常摆出一副最严肃的面孔,对自己书中的角色说出一番隽妙、讽刺的话,这些话每每使我大笑起来。但是一个真正的艺术家从来不讽刺他笔下创造出来的人物,正如真正有教养而高尚的人,即使他们发现周围的一切都非常可笑,也从来不嘲笑或者很少嘲笑他们周围的人一样。你当然知道,宋尼契嘉,这并不是说,不能写伟大风格的讽刺作品。例如盖尔哈特·霍普特曼[3]的《埃曼奴爱儿·昆特》，这就是百年来对现代社会最能一针见血的一部讽刺作品。但是，霍普特曼自己并没在一旁讥笑；在作品结束时他的嘴唇颤抖着，眼睛睁得大大的，晶莹的泪珠在眼睛里闪耀。高尔斯华绥却与此相反，不断用他诙谐的插话来打动我，正如晚宴席上一个同餐桌的人，每当一个新客人走进客厅时，他就在你耳边低声咕哝，说这位新客人怎么长怎么短……

……今天又是星期日，对于被监禁起来的人，对于孤独的人，这是一个最死气沉沉的日子。我很悲伤，但是我热切地希望你不是这样，卡尔也不是这样。快点儿写信给我，告诉我你到底在什么时候、到什么地方休养去。

我热情地拥抱你，并向孩子们问候。

          你的　罗莎

番姆弗尔脱能再给我送几本好书来吗？是否能送几本托马斯·曼[4]的作品来？他的书我还没有读过。

还有一个请求：在户外阳光开始刺痛我的眼睛，是不是你能够在信封里寄给我一块一公尺长的黑色薄面纱，带黑点儿的！我预先在这里谢谢你。

（邱崇仁　傅惟慈　译）

注释

1 萧伯纳（1856—1950），英国戏剧家。
2 奥斯卡·王尔德（1856—1900），英国唯美派作家，主张为艺术而艺术。
3 盖尔哈特·霍普特曼（1862—1946），德国戏剧家。早期作品《织工》等多写社会问题。
4 托马斯·曼（1875—1955），德国小说家。

致汉斯·狄芬巴赫

（1917年3月5日）

佛龙克波森要塞

亲爱的汉森：

你对我的喜怒、我的青春的种种猜测，以及诸如此类的奉承，完全是错误的。首先，我的确给你写了一封八页纸的长信，但是还没有寄出（附上该信的装饰画，以兹证明。也许你会喜欢）。第二，我一直在翘首期盼着、渴望着你哪一天亲自登门拜访。冯·凯赛尔先生[1]似乎已经发现，怎么样才能给我带来最大的伤害。现在他的意思，是要考验考验我，看我能"挺"多久。不要生气，不要给我落井下石。不断地给我写信，要不知疲倦，一如既往地爱护我，对我多点儿耐心，即使是我不配。

五　柏林巴尔尼姆—佛龙克—布累斯劳狱中

实不相瞒，现在我正在经历一个困难阶段。这样的事情又发生了，跟去年在巴尔尼姆街时一模一样：我坚持挺了七个月，但是到了第八、第九个月，我的神经就突然不行了。我在这里度过的每一天，都变成了一座小山，得吃力地往上爬，而且任何一件小小的事情，也会给我严重的刺激。

再过五天，我第二年第八个月的单独监禁，就要结束了。届时，就跟去年一样，复活就会自行发生，特别是春天即将来临。顺告，如果我忘掉自己为人生制定的那个基本原则——做一个好人——的话，事情就不至于这么难以忍受。但是那是很要紧的。做一个好人，就这么简单。它可以决定一切，也可以约束一切。它比全世界所有的智慧都要高明。但是，连咪咪都不在身边，谁还能给我提这个醒呢？在家的时候，咪咪长久地、默默地注视着我，她往往知道怎么样把我引导到正确的道路上去，这样我就非得给她无数个吻（就是为了气气你）不可，并且说："对呀，做好人是最要紧的。"所以，如果你从我的话语或者沉默中发现，我变得阴沉或者古怪起来，只要提提咪咪的座右铭就是了，并且给我树立一个榜样：做个好人，即使是我不配。

现在，在说别的以前，让我道一声"多谢了"。要感谢你的事情很多，比如那几本小书、糖精（以后定要加倍偿还，因为我收到了好大一包，而你自己也是十分需要的）、照片、热水瓶、水果糖，还有最后那两本书，特别要感谢罗马皇帝的画片，那简直是一堂生动的共和主义教育课。但是最要紧的，是感谢你的来信。它们给了我莫大的安慰。你在佛龙克的历险，真叫我开心。可惜我没法跟你在一起，甚至没法看一眼发生的情况。我特别欣赏你那封巧妙地企图引诱我去读黑贝尔[2]的信。你想看到我的愚昧不是？很高兴你还是那个放荡不羁的汉森。想不到不经您（我亲爱的良师）的亲手指教，我也能了解并且理解一些什么吧。

哦，汉尼斯，我认识黑贝尔，要比认识你早多了。早在我和梅林的友谊最火热的时候，我就向他借用了黑贝尔。在那个时代，斯特格里茨和弗里德瑙之间的原野（我当时生活在那里）上，一派热带风光，猛犸象和长颈鹿卷食着凤凰树的绿叶。当汉森在柏林还不为人知的那个时候，我就读了《阿格尼丝·伯纳尔》《马利亚·马格德琳娜》《朱迪丝》《希律王和玛丽安》。此后我就没有什么长进，因为热带气候突然得为大冰川时期让路，而且我的格特鲁德，得趁着斯特格里茨和弗里德瑙之间一年一度的"停战"，拎着满篮子的礼物和借来的书去斯特格里茨，以换取类似货物回到弗里德瑙。

不管怎么说，我认识黑贝尔，而且对他非常（尽管有点冷冰冰的）敬重。然而，我把他远远地排在格里尔帕策[3]和克莱斯特[4]之后。他虽然才华过人，文体也优美，但是笔下的人物，却是干巴巴的，缺乏血肉和生气。他塑造的人物，常常只是人为制造的、过分微妙的问题的载体。如果你想送我他的书，不如给我格里尔帕策的算了。格里尔帕策是我真正喜欢的作家。你知道他吗？你对他的评价高吗？如果你想读点好作品，就读《朱迪丝》吧。在那本书里，你既可以欣赏到莎士比亚的简明贴切和通俗幽默，甚至还可以体察到莎士比亚不具备的柔和的诗情画意。在现实生活中，格里尔帕策是一个一本正经的公务员，一个大闷蛋，你说是不是滑天下之大稽？（读读他的自传吧，几乎和倍倍尔的一样索然无味。）

你的阅读情况怎么样？有足够的储备吗？事实上，我最近有好几个相识，很想介绍给你，特别是盖尔哈特·霍普特曼[5]的小说《埃曼奴爱儿·昆特》。你知道汉斯·托马[6]的基督画像吗？哦，在这本书里，你可以看到身材单薄的基督，在暮色苍茫中穿过成熟的玉米田的画像，在他的黑暗身影的左右，薰衣草的波浪，轻曼地流淌在银光灿烂的玉米捆上。

在无数的问题当中，我发现有一个从未在上述的作品中提及。然而对于这个问题，我是有特别深的切身体会的。这是一个悲剧。一个向群众宣传的人，话刚出口，就立即感到，在听众的头脑里，他说的每一句话都变成了赤裸裸的笑料。这个曲解就把宣传者给钉在了十字架上，他只听到周围的信徒发出的粗鲁吼叫："展现你的奇迹呀？你不是这样教我们的吗？你的奇迹上哪儿去啦？"霍普特曼对此的描写，堪称天才。汉森，对人的判断，一定不要盖棺论定；他们仍然可以让你吃惊嘛，有时是坏得让你吃惊，有时，感谢上帝，是好得让你吃惊。我原来认为霍普特曼只不过是一个大傻瓜而已，谁料到这家伙后来竟写出了这么一本好书，既有深度，又不乏宏大，弄得我神魂颠倒，差点儿立刻给他写信。我知道，你是会鼓励我给他写信的，就像你让我给里卡尔达·胡赫写信那样。但是，对于这种带有夸耀性质的忏悔，我平时是不轻易启齿的。对你说了，就很足够了。

千言万语，意犹未尽，你什么时候才来呀？

你亲爱的 卢

（郭颐顿 李映芳 译）

注释

1 冯·凯赛尔先生是罗莎·卢森堡的公诉人。
2 弗里德里希·黑贝尔（1813—1863），当时德国最优秀的剧作家。
3 弗兰茨·格里尔帕策（1791—1872），毕德麦耶尔时期的奥地利剧作家。
4 亨利希·冯·克莱斯特（1777—1811），世界文学史上的一位重要剧作家，其最著名的剧作为《汉堡的弗莱德利希王子》，短篇小说集为《马贩子米赫尔·戈哈斯》及《O地侯爵》。
5 霍普特曼本人，并不同意罗莎对《埃曼奴爱儿·昆特》的具有同情心的评价。在那本书中，有一个常常令人莫名其妙的信徒——一个声音尖利、脾气暴躁的犹太血统波兰鼓动家，显然就是罗莎·卢森堡自己。有趣的是，她没有认出（或者刻意不提）她自己的漫画像。在那个时候，霍普特曼已经不是社会主义者了。
6 汉斯·托马（1839—1924），托马的新古典油画是理想主义的，其优美一如罗莎所述，充分反映了第一次世界大战以前的、并为激进党人所共享的流行审美价值。

致汉斯·狄芬巴赫

（1917年3月8日）

佛龙克波森要塞

汉森：

上次说了，千言万语，意犹未尽，现在容我续前。我现在的心境，又平静了许多，因此就想给你写信。由于不想让你伤心，所以没有把那封扯碎的信邮寄给你。白纸黑字反映的压抑，要比实际上显得更加富有悲剧色彩。

我这次写信，主要是为了下述目的。玛蒂尔德·雅可布小姐在我这里。她不久将前往波森，并且希望能够见你一面。这个馊主意是我出的，因为我想你是不会反对的。她将向你详细汇报我的近况，并且向你转达我火一般的问候，顺便捎来一些别的东西。所谓别的东西，就是我的《反批判》[1]手稿。它是我为《资本积累论》的辩护，也是对爱克斯坦和鲍尔[2]之流的回击！你这个可怜虫，被我选为这部作品的第二位读者。(第一位读者是梅林。当然啦，手稿已经让他读了许多遍了。在读完第一遍之后，他称它"不啻为天才之作""真正了不起的、令人销魂的成就"，以及类似的自从马克思逝世以后就再也没有听到过的赞词。后来因为我们之间发生了一些小小的分歧，他的赞誉就变得有节制多了！……）实际上，我是很以这本著作而骄傲的。我死之后，它肯定还能流芳百世！它比《资本积累论》要成熟得多，而且结构非常简洁明快，毫无拖泥带水之处，毫不打情骂俏或者虚应故事。整本书直抒胸臆，文笔凝练，甚至可以说像是一块大理石，"浑然无雕饰"。事实上，我的审美情趣，目前就是这样的。无论是理论作品，还是艺术作品，我只欣赏那简洁的、宁静的和粗犷的。这就是为什么，比如说，马克思那部著名的《资本论》的第一卷，有着黑格尔一样的大量的华丽辞藻装饰，现在就显得那么的让我讨厌了（我这样的污蔑，按照党的规矩，一定会被判处五年的苦役，外加剥夺民事权利十年……）。当然，为了更好地欣赏我的《反批判》，读者一般必须彻底掌握政治经济学理论，特别是马克思主义的经济学理论。那么这种人现在有多少呢？半打都不到！所以从这个角度上来讲，我的书就成了真正的奢侈品，完全可以印在宣纸上了。然而，《反批判》至少没有让"普通读者"一看就感

五 柏林巴尔尼姆—佛龙克—布累斯劳狱中

到发怵的代数公式。总的来说，我相信你是弄得懂我的东西的，因为梅林赞美的，恰好是它的"清晰如水晶，议论之透明"。

好啦，麻烦你去读它一读，并且把你作为"人民的普通一兵"的看法告诉我听。你对本书的艺术性的评价，对我将是非常重要的。但是我也想知道你究竟能读懂多少。好啦，开始做功课！"起床啦，孩子！"要是你实在下不了床，躺着读也行。但是一定要读，并且把读后感写给我过目。重新品尝一下政治经济学的味道，对你无伤大雅。

哦，汉森，要是冬天已经过去，那该多好！这种天气把我都压折了。眼下，无论是来自人的，或是自然的残酷，我都无法忍受。每年的这个时候，我都在安排旅行计划；每年的4月7日或者10日，我都会出现在日内瓦湖的身旁。现在与它阔别，已经长达三年之久。啊，那美丽的、蓝得如梦的日内瓦湖！你是否回忆得起，在经过了伯尔尼到洛桑的那段不毛之地和最后那条长得可怕的隧道之后，突然漂浮在一望无垠的蓝色海水之上的狂喜！每一次，我的心都会像彩蝶那样，高飞入云。然后你就可以欣赏到从洛桑到克拉昂的那段壮丽风光，看到那些每隔20分钟就停一次的小站。放眼下望，海边的那些小小的民房，簇拥着一座同样小小的白色教堂。然后，就听到列车员那一声安然如歌的喊叫，以及车站的铃声，三次，三次，再三次。虽然火车又徐徐启动，但是铃声依旧欢快地响着。那湛蓝如镜的水面，随着路轨的变化而不断变化，时升时降；轮船好似掉进水里的六月甲虫，慢慢地爬动着，后面拖着一条条的白沫。在那座白色的防波堤外，耸立着一座峻峭的高山，山腰终年青烟缭绕，只有那积雪覆盖的顶峰，虚无缥缈地、高高地浮游在云彩之间，最令人难忘的，是那锦绣如画、雄镇一方的登杜米迪山。亲爱的上帝，什么时候我才能再到那里去体味4月呀？每到那里，清新的空气和宁静的安谧，就会像香脂那样，飘然进入我的灵魂。

在克拉昂山上的别墅，我的葡萄园里依然残留着去年的杂草。除草的工作，已经缓缓开始。我照旧获准在葡萄园里漫步，采撷那红色的野花和暗香浮动、一嘟噜一嘟噜的蓝宝石般的风信子。11点整，农妇用篮子送来午饭，那位穿着短袖衬衫、正在忙活的父亲，便放下手中的铲子，跟他的老婆席地而坐，孩子们则团团地蹲在一边。饭篮子打开了，一家人一声不响地吃着。父亲用衣袖擦去额上的汗水，因为4月的太阳，在这个葡萄园里，还是很毒辣的。

我不言不语，静静地躺在近旁，听凭那骄阳恣意照射，不时偷眼望望那种葡萄的一家，嘴里嚼着一片草叶，脑子里虽然没有一丝儿思想，但身上却充满了一种与大自然浑然一体的感觉：亲爱的上帝，这个世界是多么美呀！生活又是多么美呀！在科尔德·加门，一列小火车像黑色的毛毛虫，从格利翁方向蠕蠕地爬过来。一缕青烟袅袅地悬在空中，仿佛在对一位正要远行的朋友遥相挥手!……

汉森,再见了!

卢

(郭颐顿　李映芳　译)

注释

1　《反批判》是罗莎·卢森堡对《资本积累论》的批判作出的回击。这本著作以更容易理解的方式,重申了她更重要的一部著作的基本主题。
2　奥托·鲍尔(1882—1938),奥地利社会民主党的领袖,第二国际中叱咤风云的人物,也是罗莎·卢森堡的《资本积累论》的主要批判者之一。在《反批判》中,罗莎的辩论主要是针对他的观点进行的。

致汉斯·狄芬巴赫

（1917年3月27日晚）

佛龙克波森要塞

亲爱的汉：

出什么事儿啦？你在13日的信中说，"明天"给我来一封长信，可是两个星期以来，我什么也没有收到。我已经开始瞎猜，他是不是病情加重了哇，是不是人突然走啦，等等。更重要的是，在遭到断然拒绝之后，我感到非常失望，书信成了我唯一的安慰。好了，改邪归正吧：不要把那么多的时间花在写一封信上，其间至少可以给我寄一些明信片来嘛。

顺便问问，你说你在"努力工作"，这话是什么意思？你毕竟还是一个病人呀!! 再有，你的"工作"到底指什么？

你完全可以想象得到，俄国发生的事情，在我的心中产生了多么巨大的影响。许多在莫斯科、彼得堡、奥廖尔或者里加坐牢多年的老朋友，现在都获得自由了。[1]这使我在这里的牢狱生涯变得轻快起来！我们的位置奇怪地颠了个个儿，不是吗？但是，我很满足，也不嫉妒别人的自由，虽然正因为此，我自己重获自由的机会，变得更加渺茫了。……

至于找L医生看病的结果，他开的处方，有点类似那位善良的乌芬瑙老牧师给病入膏肓的胡滕的忠告：

> 现在好好安息
> 不要去听外界消息
> 到这宁静的港湾，年岁的风暴已经停息
> 胡滕呀胡滕，忘掉你是胡滕。

胡滕是这样回答的：

> 你的忠告，我的朋友，实在高明。
> 为了救命……首先叫我丧命。[2]

对于求之不得的东西，我绝不会伤心太久的。我把我的整个灵魂，都聚焦到眼前和眼前的美好之上。顺告，昨天是那个不祥的第八个月结束的日子，最可怕的阶段已经过去，我的呼吸也更加顺畅了。天虽有些冷，但阳光明媚。小花园里的秃枝灌木，在阳光的照耀下，显得七彩缤纷。此外，在高高的云端，云雀已经开始欢叫；虽然仍有积雪，仍有寒冷，但你可以感觉到，春天就要来临。这使我想起去年这个时候，在两次牢狱之灾期间的复活节，我和卡尔及其妻子一起坐在加尼森教堂里听《圣马修受难曲》的情景。[3]

但是谁还要巴赫和《圣马修受难曲》呢？在一个春光明媚的日子里，当我漫步在绥登南的街头，我想，所有的人看到我那轻盈的步伐，都会认出我来的：两只手斜插在夹克衫的衣袋里，毫无目的地四处游荡，除了到处看看，吸吮生活。……你可以听到民居里发出的大扫除的声音，床垫被拍得噼啪作响，老母鸡不知在哪里咯咯嗒嗒，小学童放学回家，一路上扭扭打打，惊叫声伴着欢笑声。一列火车鸣着汽笛从你身边飞驰而过，仿佛在向你道一声问候；一辆满载啤酒的马车，叽里咕噜地从街道上碾过，那有力的马蹄，有节奏地敲击着铁路桥面。间或，你还听得到麻雀的叽叽喳喳。于是，在这艳阳高照的日子里，一首交响曲，一首《欢乐颂》，就这样诞生了！这首交响曲，浑然天成，是巴赫和贝多芬都无法复制的。我在心中歌颂一切，歌颂每一个朴素无华的细节。

在规模不大的绥登南火车站前面，总是有那么一群一群的闲人在游逛。你还记得吗？车站左边是一家花店；右边有一家雪茄铺子。花店的橱窗里，被装点得花团锦簇，里面那个漂亮的卖花姑娘，总是对我笑脸相迎，一边还在打理卖给一位女士的鲜花。卖花姑娘跟我很熟，因为每次路过那里，我都会买上一小束香花，即使那要花掉我最后的十个芬尼。雪茄铺子的橱窗里，陈设着各色彩票。它们是不是很可爱呀？看见那些彩票，我就不由得莞尔一笑。铺子张门迎客，里面有人对着电话大声喊（只要五个芬尼）："是。什么？是。我5点左右赶到那里。好的，行啊。好，再见。5点左右见。再见。拜拜。"……那种油腔滑调，那种无聊的交谈，是多么招人喜欢呀！这位先生将在5点钟到一个地方去和一个人会面，真是喜煞个人。我差不多想对他喊：请代我问候那个谁？管他哪个谁呢，只要你乐意。……

一对老妇人，胳膊上搭着购货袋，站在一旁喊喊喳喳，永远说着东家的长，道着西家的短。我觉得她们很可爱。……在街角，那个瘦骨嶙峋的独眼龙报贩迎面走来，他一边搓着手，一边像机器人那样喊道："嗳，看报嘞，看带照片儿的报纸嘞。"……我每天去党校上班的路上，都要经过这里。每逢天气不好，那个家伙的公鸭嗓子，就会令我感到绝望，让我觉得这辈子都折腾不出什么有价值的玩意儿。但是现在，看到他从头到脚都沐浴着春天的阳光，我倒觉得他的"照片儿"很有感染力呢。我对他像对老朋友那样笑笑，并且买上一份报纸，试图向他表示歉意，因为自己给了他一个冬天的白眼。……在另外一个街角，坐落着一家小酒馆，那黄色的百叶窗总是给放得低低的。那些脏兮兮的、颜色晦暗的窗户，那些摆放在前花园里的、永远铺着红蓝格子台布的饭桌，原本我连瞧见都会感到心情沮丧，每次路过都得加速小跑，才不至于落下泪来，今天它们却突然变得漂亮起来了。近旁枫树的树影，在饭桌上婆娑起舞，不声不响地扭来扭去。天底下还有比这更美妙的东西吗？

我来到面包店。这里的店门经常开关，发出很响的吱嘎声。一群打扮得漂漂亮亮的女仆和小孩子，欢天喜地地蹦进面包店，不一会儿又抱着白色的纸袋出来了。难道这不停的吱吱嘎嘎，没有和那诱人的面包香味和街上的麻雀叫声糅合在一起？难道你就没有品尝的本领和默默的自信的味道？难道这一切不是在说，"吾即生活，美即生活"？

离开了凝望已久的面包店，鞋匠的奶奶映入了眼帘。她寿比南山，和我住在同一条街。"哎哟，大小姐，我当你是来跟我们一起用咖啡的呢。"她鼓着瘪嘴说。（在绥登南，人人都管我叫"大小姐"，真不明白是为什么。）虽然我没有完全听懂她的话，但还是愉快地答应有空儿即登门拜访。她点点头，那张皱纹密布的老脸，顿时乐成了一朵花："准来！"她冲着我的背影喊道。亲爱的上帝，人是多么的亲善友好呀！这不，又有一位素昧平生的太太向我打招呼。她还微笑着对我望呢。也许，我那张幸福的笑脸和那双斜插在口袋里的手，有点与众不同吧？但是谁管那些！在这暖融融的春日，手插衣袋，扣眼里别一束十芬尼的香花，漫无目的地走在街头，世上还有比这更幸福的吗？

汉森，我想波森要比佛龙克更靠近东方，4月的阳光先照到你那儿，所以请你速速把它寄来。让它再一次向我展现到处可见的人生奇迹；再一次让我得到健康，变得耳聪目明，心静如水。

卢

（郭颐顿　李映芳　译）

注释

1　显然指推翻沙皇统治的二月革命。
2　康拉德·菲迪南·迈耶（1825—1898），罗莎最喜爱的作家之一。引诗出自迈耶的《胡滕的末日》。
3　试比较列宁对贝多芬的《悲怆奏鸣曲》作出的著名反应："此曲只应上天有。然仙乐不可多听，否则贻误革命。"

致汉斯·狄芬巴赫

（1917年3月30日）

佛龙克波森要塞

亲爱的汉：

　　费了好大的劲儿，才摆脱了黑夜的绝望，恢复了自制。今天，天上没有一缕阳光，整个灰蒙蒙的，而且还刮着寒冷的东风。我感觉像一只冻僵了的野蜂。在深秋第一次霜冻来临的清晨，你在你的花园里发现过这么一只野蜂吗？它六脚朝天，僵得像死去了的那样，小脚缩作一团，身上沾满白霜。只有等太阳将它彻底温暖，它的脚才会开始慢慢地活动舒展。然后，小小的躯体又会翻腾过来，最后笨笨地嗡的一声飞向天际。看到这样的野蜂，我总是责无旁贷地跪倒在它们身边，用嘴里呼出的热气，令它们起死回生。但愿阳光能够把我这个可怜虫从僵死中唤醒!与此同时,我也像路德那样,用墨水瓶和心中的魔鬼展开斗争。[1]这就是为什么你得做出一些牺牲,容忍一大堆信的缘故。除非你给你的大炮填满弹药,否则我会用小炮轰得你不寒而栗!顺便说一句,如果你在前线装填炮弹的速度,跟你写信的速度一样快的话,那么我对我们目前从索姆河和安克雷一线溃退的事实,就一点儿也不感到震惊了。如果在没有割到美丽的弗兰德平原这块肥肉之前就签署和平协议,那么你的良心肯定会不得安宁的。

多谢你寄来的里卡尔达·胡赫论凯勒的小书。上个星期,在我心情最糟的时候,我饶有兴致地拜读了它。里卡尔达的确是才智过人,出口成章。但是,她那萎靡苍白、欲言又止、拘束呆板的文风,似乎有点弄巧成拙的味道。她那苦心经营的古典主义风格,似乎有点伪古典主义的成分。一个思想丰富、洒脱开放的人,任何时候都可以自自然然地跟着感情走,又何必对自己不真呢?

我又重读了戈特弗里德·凯勒的《苏黎世中篇小说》和《马丁·萨兰德》。请不要狗急跳墙,但是我坚持认为,凯勒是既不适宜写长篇,也不适宜写中篇的。他写的东西,只能说是关于那些早已作古的人和事的故事。他的故事里发生的任何事情,都无法让我涉身其中。我只听到叙述者像老人那样,搜肠刮肚地絮叨美好的回忆。只有《绿衣亨利》的前半部分，才是活生生的。不过话又说回来，凯勒于我有益，是因为他是一个好人。如果你喜欢某个人，那么跟他坐下来聊聊陈芝麻烂谷子的往事，拉拉家常，不亦乐乎？

在我所经历的所有春天中，去年的那个给我的印象最为深刻，可谓感触良多。也许是因为它是我牢狱生涯开始后的第一春吧，抑或是因为截至目前，我已经精确地了解了每一丛灌木、每一片草叶，并对它们的生长情况了如指掌的缘故吧。你可记得，几年以前，我俩试图为一株花儿盛开的黄色灌木确定属种。你提议把它定为"金链花属植物"。那个自然不对。三年以前，我突然投身于植物学的研究。这个决定是多么英明呀！我研究植物，跟干其他事情一样，也是满腔热忱，全身心地投入。世界、党和工作，都悄然隐退。每日每夜，我的心中只翻卷着这么一个激情：去春天的原野漫游，采集成抱成捆的鲜花，然后回家整理、分类、鉴定，再夹到书页里去。那个春天，我活得是多么紧张充实呀！像发高烧似的！看到一种新植物，不知道如何分类，只有坐着干着急。有时候碰到这种情况，我差点儿没急昏过去。每逢此时，格特鲁德就会动气，并且威胁要"拿走所有的植物"。但是现在，我在这绿色王国里如鱼得水，任意纵横。我征服了它，挟雷霆万钧之势。凡是你费了九牛二虎之力才得到的东西，必然在你的身上开花结果。

去年春天外出野游的时候，我还有个旅伴儿：卡尔·李卜克内西。也许你知道他这么多年是怎么生活的：议会开会、委员会开会、大会小会，东奔西颠，气喘吁吁，下了火车赶电车，下了电车坐小车，所有的口袋里都揣着笔记本，胳臂下夹着新买的、永远也没时间读的报纸。虽然他的整个身心，都浸透了大街上的油灰，但是脸上却永远荡漾着青春温暖的笑容。去年春天，我劝说他稍微休整休整，提醒他在议会和国会之外，还有另外一个世界。于是他、宋娅和我，就去田野和植物园转了很多次。看见白桦吐出的新花，他快活得像个小孩子似的！

有一次我们穿过原野，去了玛丽费尔德。你是识路的。记得吗？我俩是秋天踏着庄稼茬子去的。去年4月和卡尔去的时候，时值上午，田野里仍然覆盖着冬季作物的鲜绿。微风将天空中的乌云，追逐得东躲西藏。云破日出时，田野里金光灿烂；乌云蔽日时，又像绿宝石一样暗淡下来。好一场嬉戏！大家都默默地赶路。突然，卡尔止住脚步，开始怪跳起来，脸上仍保持着那严肃的表情。我愕然地，甚至有点害怕地望着他，问："你怎么啦？""我开心极了。"听到他那简单的回答，我们自然哄然大笑不止。

你最亲爱的　卢

又及：你想把我归类为兴登堡[2]的珍珠项链上的"一颗最漂亮的宝石"，那是没有道理的。但是，根据官方声明，我不是战俘。证据:我必须自付邮资。

(郭颐顿 李映芳 译)

注释

1 据说马丁·路德曾用墨水瓶砸过魔鬼。
2 保罗·冯·兴登堡(1847—1934),对俄战争的英雄,后任西线总司令,德国民族主义的象征。1925年就任魏玛共和国总统,1933年提名希特勒出任总理。

致汉斯·狄芬巴赫

（1917年4月16日）

波森要塞

汉森：

星期天因为昨天收到了你的来信而变得更加美好。今天，这里下着瓢泼大雨。然而清晨，我仍在小花园里晃悠了两个小时，一如既往地没打雨伞，只戴了顶旧帽子，披了件考茨基奶奶的旧雨披。雨水浸透了帽子和头发，顺着脸庞流进脖颈，这样一边散步，一边遐思梦想，是多么的快乐呀！鸟儿也苏醒了。一只和我特熟的花雀，常常伴我一起散步。我是沿着墙壁两边的便道，在花园里行走的；花雀的走法，则是另一个模样：它跟在我的身后，从这棵灌木跳到那一棵灌木，抑或还一跳二回头。你说可爱不可爱？我们不惧怕任何天气。甚至下着鹅毛大雪的时候,我俩也坚持每天散步。今天,小鸟跟我一样,显得有些不修边幅,浑身上下湿淋淋的,而且还有些毛发蓬乱,但是我俩的感觉,却很不一般。

现在是下午时分。外面雷雨交加,因此我们不想贸然外出。花雀坐在我的窗棂上,小脑袋瓜一歪一扭的,想透过玻璃,窥视里面的我;而我呢,则坐在书桌面前写信,一边欣赏着滴答滴答的闹钟。屋子里宁馨极了。

这种天气,据我了解,对粮食的生产是灾难性的。现在不可能为夏粮作物整地。一切都已经错过了季节。遭到上一次的霜打,冬季作物损失惨重。去年这时,绥登南的冬小麦,已经长到20到25厘米那么高了;夏季作物的土地,也早已于3月份准备就绪。洪水更令农业生产雪上加霜。"最底层的百姓",肯定又要受苦了。说不定你的老爹已经开始嘟哝:怎么连老天,也像是英国佬雇的。[1]

你的柏林和斯图加特之行,听起来怪可怕的。你这次损失得最惨重的,也许是不可能再因为在外面受到的折腾而怪罪我了吧?记得有一个圣诞节去斯图加特旅行,我可没有少受冤枉气。去纽伦堡和法尔茨伯爵领地周边的其他小城,安安心心地旅行几天的想法,的确非常诱人,我曾去纽伦堡和其他几个城市开过党代会什么的,现在对它们仅有依稀的记忆。在战前的最后一次会上,我记得讲台上放着一大束猩红的康乃馨。它对我的演讲只有起干扰的作用。我刚准备开口说话，会场里就爆发出一个声音："急救！"开始我还摸不着头脑，等到往下一瞧，才发现会场里挤得人山人海，水泄不通。三个晕倒在地的人，正在被往外抬呢。这种情况总是让我感到特别的压抑，得费老大的劲儿才能回过神儿来。在一次党代会期间，有人于晚间把我从会场中架了出来，用一辆舒适的敞篷马车拉着，在城里慢悠悠地兜了好几个小时。时值9月下旬，整座城市笼罩在灰蒙蒙的秋岚之中，斑斓的城堡、尖顶和教堂，隐约其间，周围绿色正闹，好一派中世纪风光。最令人击节赞叹的，莫过于那低垂的暗红夜幕；在那街角巷尾，暮色中的影子愈变愈深。那个时刻的美好记忆，特别是外面那被稳健的马蹄愈敲愈浓的天籁和美色，与会场当中刺耳的喧哗和低级的趣味形成的鲜明对照，一直伴随着我。我不知道坐在我身旁的是谁，只知道在整个观光过程中，我没有说一句话；只知道在旅馆门前下车的时候，瞥见过一张失望的面孔。我非常想重归纽伦堡，但不是去开会，而是想携着一卷你常常用你那浑厚的男低音给我朗诵的默里克或者歌德。

现在，在这里，你既不能给我朗诵莎士比亚，我们也不能共同朗诵《华伦斯坦》[2]，这是多么的令人遗憾呀！我让人把威廉给带来了。你可记得歌德的诗句：

属于爱人

崇拜英雄

使情智合一。

丽达，咫尺之幸福

威廉，至高之明星

你是我的归属。

丽达显然是冯·施泰因夫人。我之所以对他再度发生兴趣，是被《莱比锡人民报》上的一篇剧评激起的，信不信由你。他的剧评写得文采飞扬，非常动人。我给你抄录一段他描写《如愿》中女主角的片段：

罗莎琳是诗人自己心仪的女人。她既端庄，又不失天真。她知道怎样待人接物，并且能够蔑视礼仪。她学问不高，却谈吐不凡。她热情洋溢，又含蓄节制。她可以是这一切，因为她有灵敏的直觉。她相信自己的直觉，因此得以在这个世上恣意舞蹈、跳跃、跨步，仿佛没有任何危险，可以伤及她的毫毛。莎士比亚笔下描写的自信心十足的年轻女子，并非仅此一例。在他的作品中，这样的女子可以碰上好几个。至于他是否遇见过像罗莎琳、贝雅特丽丝或者波西娅这样的女人，抑或是否有创作的模特原型，抑或是否是根据心中的期望而进行的刻意描摹，我们不得而知。但是他坚信，女人因为特有的天性，是可以如此完美的。他的一生中至少有一段时间，对妇女的赞颂，是其他诗人不可比肩的。他在妇女身上，看到了一种永远不受文化教养侵害的自然力的作用。她们对文化教养提供的一切养分，兼收并蓄，但绝不让自己偏离自然为她们指定的道路。

他的分析是不是鞭辟入里？但是你知道，现实生活中的莫尔根·施泰因博士，可实在是一个少盐寡味儿的、干巴巴的怪人！可是他的心理分析，却是我希望在未来的德国散文创作中所见到的。……顺便说一句：原来你是尤斯蒂努斯·克尔纳[3]的后裔呀！天哪，他可是一个颇有名望的祖宗！但是我对他不甚了了，只是大概记得他那刺耳的节奏、强烈的哀戚，和一种革命性的姿态，不管怎么说，这个名字本身，就相当的奇特。有些名字是永恒的，它们回荡着奥林匹斯山的诗韵，尽管我们对它们知之不多。你说是吧？今天，还有谁能背出萨福[4]的诗歌？除了我之外，还有谁在读马基雅维里[5]？还有谁听过契马罗萨[6]的歌剧？但是对所有的人来说，这些名字给人以永恒之感；听到它们，你就肃然起敬。然而，位高则任重。汉森，你自己一定要有个出息，否则就对不起尤斯蒂努斯·克尔纳。

卢

又及：你对克拉拉（·蔡特金）只字未提。希望你常去看看她。

（郭颐顿　李映芳　译）

注释

1　那年冬天果真被称为"饥馑之冬"。
2　《华伦斯坦》，席勒的名剧之一，1798年作。
3　尤斯蒂努斯·克尔纳（1786—1862），慕尼黑的二流诗人、散文作家。
4　萨福，希腊女诗人，以优美的情歌而著称。
5　尼科洛·马基雅维里（1469—1527），政治思想发展史上的关键人物之一。他把政治学从神学的范畴，带到了世俗的领域。《君主论》是马基雅维里的传世之作。他也写过一些剧本，如《曼德雷克和克丽齐娅》。
6　多门尼科·契马罗萨（1749—1801），意大利作曲家，其作品包括《秘婚记》。为莫扎特的前辈。

致宋娅·李卜克内西

（1917年4月19日）

寄自佛龙克

昨天你问候我的明信片使我从心坎儿里高兴起来，虽然你的语调是那么伤感。我多么想现在能跟你在一起啊，为的是像前次卡尔被捕后那样使你重新欢笑起来。你还记得吗，我们俩在"弗尔斯登霍夫"咖啡馆里恣意地大声嬉笑，惹得不少人瞠目而视？不管怎样，那时这一切是多么美啊！我们每天清早到波茨坦广场去赶汽车，然后一起乘汽车向监狱驶去，路上经过开满鲜花的动物园，驶进那条栽着高大榆树的静悄悄的莱尔脱尔街；归途中照例在"弗尔斯登霍夫"下车，然后你又免不了到绥登南来拜访我，那儿的一切都沐浴在绚烂的5月的和煦里；还有我厨房里的一段舒适的时刻,你和咪咪坐在铺着白桌布的桌子旁边,耐心地等着我的烹饪杰作(你还记得那美味的haricots verts à la Parisienne[1]吗?)……除了这些景象外,我还清清楚楚地回忆起那永远不变的晴朗、暖和的天气,也只有在这种天气里,才能使人产生真正愉快的春天的感觉。然后到了傍晚,我照例去拜访你,待在你精巧的小房间里——我特别喜欢做家庭主妇时的你,你带着少女般的风韵,站在桌子旁边给人斟茶,显得特别招人怜爱——最后在深夜里,我俩穿过芬芳而又黑暗的街道相互伴送回家,你送我一程,我又送你一程!你还记得绥登南的童话般美丽的月夜吗?在这夜晚我伴送你回家,那轮廓峻峭的黑魆魆的屋脊被可爱的天蓝色的晴空衬托着,我们觉得好像是古代的城堡一样。

宋儒莎,我真想永远在你身边,让你能够散散心,跟你一起聊聊天,或者默默相对,使你不至于陷入忧郁、绝望的沉思里去。你在你的明信片里问:"为什么一切都是这样呢?"你真是个小孩子,生活自古以来就是"这样",一切不外是痛苦、别离和思念。我们必须接受这一切,而且要把这一切看成是美的、善的。至少我对待生活就是这样。这并不是我苦思冥想出来的生活哲理,而是发自我的本性。我本能地感觉到,这是对待生活的唯一正确的方法,正因为如此所以我在任何情况下确实都感到是幸福的。我不希望从我的生活中去掉些什么,也不希望过跟过去和现在有什么不同的生活。要是我能够使你也有这样的人生观那就好了!……

我还没有谢过你送给我的卡尔的画像。你这张画像使我多么高兴啊!这真是一件你能够送给我的最好的生日礼品。这张画像现在嵌在一个精美的镜框里,摆在我面前的桌子上。我走到哪儿,卡尔的目光跟到哪儿(你知道,有些画像,不管你把它放在什么地方,它总好像在瞧着你)。这张肖像画得像极了。卡尔现在该为俄国的消息而多么高兴啊!即使你,也应该高兴了:现在总没有什么阻碍你的母亲到你那儿去了吧!你已经注意到这一点没有?为了你的缘故,我热切地希望阳光和温暖早日到来。这儿一切才将萌芽,昨天这里还下过雹子。我的绥登南的"南国风光"现在该是什么样子了?去年在那里我们俩站在窗子前面,看到花儿盛开你还赞叹不止……

你不要为写信而费神。我要经常写信给你,你呢,只要寄我一张明信片,简单地写两句问好的话,我就心满意足了!你要多在外面走走,多采些植物标本。你有没有把我的那本小花谱带着?祝你平安和愉快,亲爱的,一切都会变好的!你瞧着吧!我再次地并且热烈地拥抱你。

永远是你的 罗莎
(邱崇仁 傅惟慈 译)

注释

1 法语,巴黎式的绿菜豆。

致玛蒂尔德·雅可布

（1917年4月19日）

佛龙克

亲爱的玛蒂尔德：

昨天收到了您的短信和包裹清单，并在此期间给您写了收条。可是，您好像没有及时收到我的邮件，这大概是您那里的邮局缺少人手的缘故：您在昨天的来信中还说只收到我的一张明信片，而我在昨天就已经寄出第三张了。因此，我今天早晨把一本小书作为礼物以急件方式给您寄去，这样您在星期天肯定就能收到它。您向我索要《世界这个小舞台》，奇怪的是我无法找到它，或许是我已经把它送给玛尔塔[1]了。不过，您肯定会喜欢老希波克拉底的书《单调的生活方式和滋润的生活方式》。我昨天睡觉时还在读它，书中许多地方至少让我忍不住发笑。——您经常给我带来一些生命的音讯,这让我十分感激!您这样做使我觉得温暖和愉快。请您放心,我的境况很好。关于购鞋证的事情并不像您所想象的那样简单:我必须先写一份书面申请,然后等待结果。也就是说,先要发誓证明自己需要鞋。这件事情可能会很有趣,我倒要看看是市长先生到我这里来让我发誓呢,还是让我到他那里去。或许玛尔塔个人出面会使事情变得简单。请您尽快写信告诉我她打算什么时候来。——今天有几只鸟飞临窗外,成为我的不速之客,它们是三只红尾鸲和一只黄雀。复活节过后,甚至夜莺也勇敢地飞来了,尽管天气仍然寒冷并有冰冻。我昨天才在我的小院子里听到它们的叫声,当然只是短短的一会儿。我从我的书中,发现了韦森东克的五首歌,均为瓦格纳谱曲,我想尽快把它们送给玛尔塔,让她的丈夫去评价。不管怎么说,我觉得他们的曲子很宝贵,那些歌词则平庸乏味。——我收到了宋娅的明信片,她的问候如同一个受伤的心灵在呼喊,像她那样长期沮丧下去是可怕的,一定要有人在她身边给予照料才行。我自然会经常给她写信,给她些许鼓励。——玛蒂尔德,獐耳细辛的小蓝叶子已经凋落,但三片绿叶(它们看似花萼)和雄穗还在,它们是一种如此本色的和漂亮的小花束!没有人会猜出那是一种什么小花。您的杜鹃花真是奇特:它能不断开花,而且没有花朵凋谢!桂香竹已经完全绽放,呈现出一种华贵的金褐色。

千百次地拥抱您和咪咪!

您的 罗莎

衷心地问候您的母亲和格雷特欣小姐。

我的"婴儿食品"很快就要告罄了。

(柴方国 译)

注释

1 指玛尔塔·罗森鲍姆。——译者注

致玛蒂尔德·雅可布

（1917年4月24日）

佛龙克

我最亲爱的玛蒂尔德：

我刚刚收到您昨天写的信，就立即顺从您的愿望复信。向莱比锡上级法院提出上诉要立即着手进行，我最终（因为您的缘故）同意延请德鲁克博士，尽管我对他并不了解，现在您要（或者让库尔特[1]）尽快同他联系，无论如何要告诉他怎样做才能使我免遭羞辱。此外，还要让他不要忘记在辩护时把我的拘留期折算成刑期。您现在经常念叨让我尽快回家，对这项要求我无法满足：对我的新拘留令刚刚下达，又是三个月的预防性监禁。您大概真的以为能否离开这里取决于我的良好愿望！……

我根本无法诉说我多么盼望玛尔塔的来访，如何迫不及待地等待星期五这一天的来到。可以说这种渴望心情几乎又一次让我生病。您暂时无需给我寄什么东西。我在这里让人弄到了奶糖，还请汉斯[2]从波森寄来一些，也有书籍可供阅读。目前我也没有心思去读纯文学作品，更没有心思去读诗。咪咪为什么又变得像您说的那个样子？肯定是它的胃不正常。您还给它吃点炼乳吗？我又省下了鸡蛋让玛尔塔带去，这样咪咪就又能吃到鸡蛋了。我感到内疚的是没有带些肉去，可是现在提供的肉食很少，而且我也担心带过去时就不太新鲜了。——只要我拿到这里的表格，办购鞋证倒不会费多大周折。

最亲爱的，马上给我写一封好信，我的内心非常痛苦……

拥抱您和咪咪，最衷心地问候您的母亲和妹妹！

您的 罗莎

（柴方国 译）

注释

1 库尔特·罗森费尔德（1877—1943），玛尔塔·罗森鲍姆之侄，柏林的律师，曾为卢森堡辩护。——译者注
2 即汉斯·狄芬巴赫。——译者注

致玛尔塔·罗森鲍姆

（1917年4月）

佛龙克

亲爱的玛尔塔：

希望这一次它不是真的！星期五（也许还有今天），我只觉得两眼发直，天旋地转，连静静地坦诚地跟你聊聊都不行。为什么呢？是因为双重监督，而且没有其他办法可想。我猜，你现在的心境，也和我的相同。但是，见到你，感觉到你的亲近，仍然不失为一种安慰。所有事情，都如白驹过隙，一闪而过，未免太遗憾了。下一次，你一定得星期四来，待到星期一或者星期二。我还不知道，明天是否会有吻别。但就是没有，我们也得照样过日子！现在，我的心情又恢复了常态。我是多么感谢你的探监呀！

别为我担心。至于健康嘛，我的胃病仍然没有起色，但是神经紧张状态，有缓慢改善的迹象。说不定我的胃病，也会安定下来的。要是春天来到这里，那该多好！阳光、温暖和新绿，对我的身体最有裨益。毕竟你是了解我的。

对了，俄国发生的奇迹，对我来说，好比救命的良药。对我们所有的人来说，那边传来的消息，难道不就是拯救的讯息吗？我担心你们都低估了俄国所发生的事情的重要性，担心你们没有意识到，在那边取得胜利的，是我们的事业。它必须，也必将成为解放全世界的楷模；它必须成为照亮整个欧洲的一座灯塔。我绝对坚信，一个新纪元已经开始，战争将不会永远持续。为了这个缘故，我希望你的心境更好，希望你兴高采烈，愉快幸福，尽管生活在悲惨和恐怖之中。看到没有，在事态发展到不可收拾的地步时，历史知道怎样将它摆平。为了我，开心一点儿，笑多一点儿。致你一千次拥抱，并代向库尔特（·罗森费尔德）问好。

你的 卢

（郭颐顿 李映芳 译）

致汉斯·狄芬巴赫

（1917年4月28日）

佛龙克波森要塞

汉森：

很不幸，玛尔塔太太这次不可能去利萨了。她的假期太短，谁叫你的新家那么偏僻，这回该付点儿代价了吧。你知道，我立刻就在迪尔克版的旧学生地图册（就是柯西亚送我的那本，它还伴你去过斯图加特的卡尔斯体育馆呢）上查找你所在的城市。我发现利萨位于波森和布累斯劳之间，即柏林的反方向。大约过两个星期左右，汉斯和露易莎（·考茨基）会前来拜访。露易莎获准在5月10日到15日期间外出旅行。

你不去看望克拉拉（·蔡特金），实在叫我生气。你一定得找时间去。你理不理解我在这件事情当中的复杂心态？我越是在内心里谴责自己目前对她的支持不够，就越觉得你代替我去探望她是一种必要和安慰。你应该向她表示我不能给予她的温暖和体贴。可是你完全辜负了我的期望！上帝有灵，我不记得是否曾经对你说过，最好在复活节的时候去一趟斯图加特。但是我的确跟你说过，坦诚地直接写信给她，用甜蜜温馨的书信去弥补以前的冷漠过失。不要怯懦，也不要虚伪，汉森，这不是你的为人。

我读完了里卡尔达·胡赫的《华伦斯坦》。起初，它使我觉得耳目一新，热血沸腾；后来我就发现它没什么意思了。

这本书不乏细节和精雕细刻，但是绝对没有整体感。从这本书中，你可以清楚地了解到，散文为什么不应该这样写，用什么方法才能给这一文体锦上添花。我仍然坚持：德国人的严谨，使他们无法用轻松的笔触，去创作既丰满又宝贵的生活或者时代的写照。即使是像里卡尔达这样的女人，思想上也缺乏雅趣，否则她早该知道，对细节的过分雕琢，会使一个高雅敏感的读者觉得厌倦，乃至不快。作家只需精心勾勒寥寥几笔，就可以激发出读者的想象力，然后让他们自己去给作品添油加彩，使之成为一幅完整的画卷。就像高人雅士之间的促膝闲谈，轻描淡写比浓妆艳抹更为人欣赏一样。

过几天，我准备给你寄一本萧伯纳的喜剧——《玩弄女性的人》。开始读这个剧本的时候，我对剧中花里胡哨的似是而非、似非而是，以及人物的荒诞，表现得缺乏耐心。后来几个严肃的段落,让你读了生出忧喜参半的感觉:一方面,你感到如释重负,因为你终于探明了作者的真实意图;另一方面,你对他那不咸不淡的警世格言持保留态度。到了快卖完的时候,你才发现,原来那些"严肃段落",实际上是最逗趣儿的部分。萧伯纳只不过是在拿这个世界——包括读者和他自己——开涮而已!他仿佛遵循的是这样一条座右铭:人生之中的任何东西,都不得以悲观对待。结尾的那一幕,颇似莎士比亚的手法。在干巴巴的法庭辩论期间,突然冒出一场化装舞会,两个公诉人被拉去大跳华尔兹舞!《仲夏夜之梦》里的嘻嘻哈哈的小鬼精灵,一个个翩翩而至。半夜三更,独坐牢房,读到这最后的一幕,我忍俊不禁,哈哈大笑,前仰后合。这一点你是了解我的。这次阅读发生在我又一次极度绝望之后,所以说这本奇书,为我造福不浅。

鉴于在谈论文学,所以就想随便问一问,你能告诉我下面这几行诗的出处吗?

> 他昂首阔步,英俊高大,
> 他的微笑和眼神,高贵无尚,
> 他的话语,是幸福的神秘甘泉,
> 他的手一握——

其他的我记不得了。不过我可以打赌,这是甘泪卿在纺纱时唱的。[1]同时，我也敢打赌，甘泪卿在纺纱时唱的，还有一首截然不同的歌，即"遥远的国王"。我这里只有你那本哈奈克版的袖珍歌德，里面没有收《浮士德》，所以无法核对。自从复活节以来，这几行诗句就一直萦绕在我的脑际，以至于我开始觉得，自己的脑袋里也装着一架纺车似的。你知道，想不起一首诗或者一首歌是从哪里学来的滋味，也是很痛苦的。

我的牢房的正上方，是监狱的教室。写这封信的时候，上面正在上课。开始，我听到几只脚噼里啪啦的一阵响动，然后是寂静，然后是一位老教师讲课的声音。现在，一个女子正在用单调的嗓音背诵什么，完全就像是小孩子念书一样，提心吊胆，卡着嗓门，满腹狐疑，没有任何停顿。虽然声音咿哩呜噜的，一个字也听不清楚，但它还是给了我一种宁静的、家一般的感觉。从上面这个看不到的景象，从远远传来的声音，我再次清楚地认识到，人生是美好的。

卢

（郭颐顿 李映芳 译）

注释

[1] 罗莎没错。引文的确出自《浮士德》中甘泪卿纺纱的片段。有趣的是，她竟然将最后一句"啊，还有他的吻"给忘了，因为在德语中，这一句和前一句是押韵的。

致玛蒂尔德·雅可布

（1917年4月29日）

我最亲爱的玛蒂尔德：

非常感谢您所做的一切！您和咪咪如此铺张浪费，又给我寄来了许多东西，这简直是罪过。尽管如此，我还是要亲吻你们两个，因为你们真是太好了。您终于收到了老希波克拉底的书，这我就放心了。您说得对：我寄许多急件无非是出于烦躁。只要我在这里遭受渴望之苦，我就肯定会要求想法快点与外界接触，就会去打电话、拍电报、寄急件等。以后我会改正这一点。——您根本没有提到我寄给咪咪的小肉块是否还新鲜，那肯定意味着您收到时它已经变坏了！可是您要记住，我一直希望了解真相。

我会如实填写购鞋证，并把它给您寄回去。请您原谅，我是如此需要帮助，您在这方面对我毕竟有足够的了解。库尔特认为我应当申请把入狱十天的处罚折算成拘禁期，我觉得这个主意很好，可是我不知道现在还能否这样做（我一直没有收到开始服刑的命令），要向谁提出申请？请您让他把这些写清楚，再寄给我签字。

随信附上授予德鲁克博士诉讼代理权的证明。迄今为止，我没有直接从杜塞尔多夫收到任何东西。我根本不明白他们为何总是不理睬我。

有关"反批判"[1]的事情我不清楚。您曾经说过，您打印了三份样稿，一份交给了汉斯，一份给了老先生，还有第三份想委托玛尔塔寄给我，让我尽快修改？如果手边找不到第三份样稿，请立即给汉斯写信，让他把他那份样稿以挂号急件寄给我。这样我就可以马上动手修改，然后寄给印刷者和H。

您不必因为逮捕令悲痛不已。我确实对此无能为力。我的头脑中现在考虑的全是关于俄国的想法。或许我会决定就此写一篇文章，但是这（能否）做得到？一个大问题！

今天就写这些。千百次地拥抱您和咪咪，盼望着圣灵降临节的到来。啊，时间还长着呢！

您的　罗莎

（柴方国　译）

注释

1 "反批判",指罗莎·卢森堡主要针对奥托·鲍威尔对她在1913年发表的文章《资本积累论》的批判所作的反驳。参见罗莎·卢森堡:《资本积累论,或者追随者从马克思主义理论中得出了什么。一个反批判》,莱比锡,1921年版。

致宋娅·李卜克内西

（1917年5月2日）

寄自佛龙克

……你还记得，去年4月里有一天上午10点钟左右，我匆促地打电话给你们俩，请你们到植物园来跟我一起欣赏夜莺演唱的音乐会。我们悄悄地隐蔽在茂密的灌木丛里，坐在石头上，紧傍着一条流水玎玲的小溪；在我们听完了夜莺的歌唱之后，突然之间，一种单调而哀怨的啼声传进我们的耳朵里，那啼声似乎是："格里格里格里格里格里格里克！"我当时说，这好像是一只沼泽里的鸟或者水鸟，卡尔也同意我的话，可是我们怎么样也没弄清到底这是一种什么鸟。你想，前几天一大清早，就在这儿附近，我忽然又听见了那一模一样的啼声，我的心焦急得怦怦地跳动着，迫不及待地要知道，这究竟是什么鸟。直到今天发现它为止，我一刻也不能安静下来：这不是一只水鸟，这是一只歪脖子，一种类似啄木鸟的灰色雀儿。它比麻雀大不了多少，因为它一遇到危险，便用很滑稽的动作使头部脱臼，来把敌人吓走，所以得了这样一个名称。这种鸟儿只以蚂蚁果腹，像食蚁兽一样用它那带有黏性的舌头把蚂蚁黏集在一起。因此西班牙人称它"霍尔米皆罗"——食蚁鸟。此外默里克[1]曾给这种鸟作了一首绝妙的打油诗，雨果·沃尔夫[2]还给它谱了曲子。我自从知道了这种啼声如怨如诉的鸟儿是什么之后，好像获得了一份礼物似的。如果你把这事写信告诉卡尔，恐怕他也会感到高兴的。

我念什么书？主要的是自然科学书籍：植物地理和动物地理。昨天我恰巧念到一段文章论及德国鸣禽减少的原因：由于日趋合理化的森林经济、园艺经济和农业学，它们筑巢和觅食的一切天然条件——空心树木、荒地、灌木丛、园地上的枯叶——都渐次被消灭了。我念到这里，不禁痛心已极。我并非是为了人类不能聆听歌唱而难过，我是为了那毫无抵抗能力的小动物竟这样默默无声地不断灭绝下去而悲痛，我甚至要哭出来了。这使我想起西勃尔教授著的一本论北美洲红色人种灭亡的俄文书来；这本书还是我在苏黎世[3]的时候读到的；他们正是这样一步一步地被有文化的人从本土排挤出去，正默默地、悲惨地沦亡下去。

当然我是病了，所以如今什么事都这么使我激动。你知道吗，我有时候有这种感觉，我不是一个真正的人，而是一只什么鸟、什么兽，只不过赋有人的形状罢了；当我置身于像此地的这样一个小花园里，或者在田野里与土蜂、蓬草为伍，我内心倒感觉比在党代表大会上更自在些[4]。对你我可以把这些话都说出来：你不会认为这是对社会主义的背叛吧。你知道，我仍然希望将来能死在战斗岗位上，在巷战中或者监狱里死去。可是，在心灵深处，我对我的山雀要比对那些"同志们"更亲近些。这并非是我要在自然界寻找一个避难所，一个休息的地方，像很多失意政客那样。相反地，我在自然界中也处处遇到许多残酷现象，令我非常痛心。你想想，譬如下面这样一桩小事我就始终不能忘怀。去年春天我从田野间散步回来，在一条空旷的街上行走，这时地上一小团黑黝黝的东西引起了我的注意。我俯下身去，看见一幕无声的惨剧：一只很大的粪甲虫正仰卧在地上，用它的腿绝望地挣扎着，同时一大群小蚂蚁麇集在它身上，正要把它——活生生地吃掉！这景象使我感到恐怖，我拿出我的手帕来，着手把这些残忍的东西赶走。然而它们却是这样大胆、顽固，我不得不跟它们大战一场，等到最后我把这个可怜的受难者解放了，远远地放在青草上面的时候，它的两条腿已经被咬掉了……我怀着痛苦的心情急忙走开，我终归对它只是做了一桩效果很值得怀疑的善举。

现在傍晚时候的苍茫暮色已经拖得很长了。平日我是多么喜爱这段时刻啊！在绥登南的时候我有许多山乌，如今在这里我却一只也看不到，一只也听不见。整个冬天我只喂了一对山乌，现在它们也没有影踪了。在绥登南时，我惯于在傍晚时分到街头徘徊散步；那真是美极了，紫色的残霞还滞留在空中，而街灯上的玫瑰色的煤气火焰已突然燃烧起来，在朦胧的薄暮里显得那么奇特，这些火焰仿佛还有些羞答答的样子。一会儿匆匆地从街上掠过一个买东西来迟了的女仆或者使女的模糊的身影，急于赶到面包房或者杂货铺子去买些什么东西，我认识的鞋匠的几个孩子常常天黑了还在街头玩耍，直等到有人在转弯角上大声地喊他们回家。这时候往往还有一只不安宁的山乌像顽皮的孩子似的突然从睡梦中尖声鸣叫起来，或者叽叽喳喳地啼个不休，又扑剌剌地从一棵树飞到另外一棵树上。我站在街中央，数那最先出现的星星，简直不想从这和煦的微风和薄暮中走回家去；白昼和黑夜在这薄暮里是这样柔和地交融在一起了。

宋儒莎，我会很快地再写信给你的。祝你平安和愉快，一切都会变得顺利，卡尔也会这样的。下次信中再谈。

我拥抱你。

你的　罗莎

（邱崇仁　傅惟慈　译）

注释

1　E.F.默里克（1804—1875），德国诗人、戏剧家。
2　雨果·沃尔夫（1860—1903），德国作曲家。
3　苏黎世，瑞士的城市，卢森堡曾在这里读大学。
4　与罗莎·卢森堡同时代的德国社会民主党人，在第一次世界大战爆发后有很多都沦为机会主义者，这里卢森堡明显地表示出对他们的厌恶。

致玛蒂尔德·雅可布

（1917年5月3日）

佛龙克

我亲爱的，亲爱的玛蒂尔德：

今天早晨看到您的短信，我感到十分伤感，因为您还从未给我写过如此短的信，从信中我明显地感觉到您又是那样忙碌和疲惫不堪！直到下午又收到您寄来的装有堇菜花的包裹后，我才觉得有所安慰。非常感谢您寄来的包裹，为了让您放心，我便立即给您写了这封信。

我现在经常到室外的阳光下坐坐，除此以外没有什么新鲜事。这种时候您那把漂亮的藤条椅就很有用，它容易搬动，坐在上面也很舒适。今天飞来了一群蝴蝶和大黄蜂，但它们在院子里没有发现一朵花。——见此情形，我便把玛尔塔送来的那盆盛开的雪叶莲搬出来。您真该来看看，那群小动物是如何扑向花朵，尽情采食花蕊的。此外，我今天还看见一只平生第一次见到的漂亮的小鸟：黄鹂。由于我静静地坐在那里不动，它一直走到离我很近的地方，因此我可以很清楚地观察它。这就是我在佛龙克所见识的一切！真的，玛蒂尔德，我在这里获得大量的新见识，并立即去查对了有关材料，觉得自己真是变得充实了。

非常感谢您寄来的样稿。然而，在我着手修改之前，我想请您通过莱娜到老先生那里了解一下，他是否做过这件事情，做得怎么样了。我确实不能把样稿直接寄给出版者，而是要寄给梅林，可是，如果让他做很大一部分徒劳无功的工作，他会很伤心的。

露易莎今天从美因河畔法兰克福来信，说她可能在10日到15日之间到这里来。而我想尽快知道她来这里的确切日期，以免成天在此烦躁不安地等待。请您打电话问她一下（或者写信到法兰克福市立医院，她在那里跟她的儿子在一起），让她再告诉我。露易莎自己肯定不会这样做。

我今天给您寄去番姆弗尔脱的三本书，请您去还给他，并表示感谢（这些书对我们没有什么用处，我根本不想读它们），还寄去要送给玛尔塔夫妇的一个小笔记本。自从听了您最近的说教以后，我不敢再寄快件，因此很想知道您什么时候收到包裹。现在我渴望您再写一封好信寄来，那会让我感到十分愉快。然而，我更渴望见到您本人，希望到圣灵降临节时又能见到您身着我所喜欢的轻便纱衣来这里。难道您不能把那些让衣服显得难看的黑色边饰去掉，换成暗绿色和暗蓝色的镶饰吗？

您听，最亲爱的！宋娅竟如此气愤地抱怨莱娜，说她忽略了"卡尔的家事"和"卡尔的孩子"，说莱娜在宋娅不在的时候本应该照料这些事情的。据说卡尔也生气了，如果莱娜太忙，难道不能请老先生去做这些事情吗？然而，无论如何得让可怜的神经质的宋娅不要烦躁！……

十分渴望千百次地拥抱您和咪咪！

您的 罗莎

谢谢您寄来的信纸，可我觉得那些纸有点软，希望要些至少带有硬纹的纸。无法买到这种纸了吗？我指的是我现在写信用的这种。

（柴方国 译）

致汉斯·狄芬巴赫

（1917年5月12日）

佛龙克

亲爱的汉：

收到第五封信，多谢。我等着你的校对稿（有些错误是打印造成的）。由于你说《反批判》里的一些段落被删得支离破碎、残缺不全，以至于到了无法理解的地步，所以我对手稿又重新加工了一遍。通常，写好的东西，我是绝不会再读第二遍的；而且写的时候越是投入，事后就越不想重读。我充分意识到，汉森，我写的这些经济学的玩意儿，只有五六个人能够读懂。实际上，我只是为一个人写的：那就是我自己。

写《资本积累论》那会儿，是我一生中最春风得意的阶段，可以说是生活在恍惚之中。无论白天还是黑夜，我只关心呈现在眼前的那个美好的问题，其他的事情则完全不闻不问。思维过程，或是执笔写作，究竟哪个给了我更大的快乐，我闹不清楚。每当思考复杂的问题时，我常常会在房间里来回踱步，咪咪则躺在红色的长毛绒台布上，一对小爪子抱在胸前，小脑袋瓜转来转去，全神贯注地凝望着我。知道吗？那洋洋洒洒900页的论著，是我一连坐了四个月的产物。这种写作速度是闻所未闻的！而且我立刻送印，初稿连审校一遍都没有。在巴尔尼姆街写《反批判》的情况，也大抵如此。然而，在全身心地投入之后，我对作品完全丧失了兴趣，甚至连出版商也懒得找。当然，鉴于过去一年半的"形势"，出版商也比过去难找多了。

你绝对高估了爱克斯坦。他对我的批评，纯粹是因为长期想跟我结交而遭到断然拒绝后的恶意报复。这种从"凡人小事"到纯粹的理论攻讦的转变，使我对他充满了鄙夷。但是他这个人，也有善良和机智的一面。有一次在考茨基家里，我去客厅取大衣准备回家，谁想到我这个来自小人国的人，费了很大的力气也够不到衣帽钩，这时他面带微笑、风度翩翩地走了过来，为我取下大衣，然后帮我披在身上，嘴里还哼着沃尔夫的曲儿："小东西有时有魅力……"（我想你知道，雨果·沃尔夫和维也纳的爱克斯坦家族沾亲带故，而且还是维也纳那边供奉的家神呢！）

你提出让我写一本关于托尔斯泰的书的建议，我压根儿就没有兴趣。汉森，为谁写？写来干吗？托尔斯泰的书，人人都可以读啊。对于那些体验不到托尔斯泰书中强烈的生活气息的人来说，我写的评论他们就能够理解吗？你能够"解释"莫扎特的音乐吗？对于那些不能从最小的事情当中体察生活魅力的人来说，对于那些本身就缺乏生活魅力的人来说，你能给他们"解释"生活的魅力是什么吗？我认为，对歌德作的所有文学批评（也就是那些关于歌德的玩意儿），全都是浪费笔墨！我觉得这类书写得太滥了。有了这些文学，美好的世界反倒给遗忘了。

不管怎么说，自从1日以来，这里天天艳阳高照。每天醒来，迎接我的就是晨曦，因为我的窗户朝东。在绥登南，你知道，我的套房像一盏多面朝阳的灯笼，清晨尤美。吃完早餐，我便把水晶棱镜，就是我书桌上的那个镇纸，移到太阳底下。那数不清的棱角，立刻将数百条小小的彩虹，映照到天花板和墙上。咪咪就会像着了迷似的，注视着反光。特别是当我拿着棱镜左摇右晃，让那色彩缤纷的光点跳荡舞蹈的时候，咪咪就会纵身跃起，去追逐捕捉那些光点。但是她很快地意识到，光点只是"子虚乌有"的视错觉，于是便目瞪口呆地、一动不动地瞅着它们，任其跳跃舞蹈。当小小的彩虹照射到饭桌上白花盛开的风信子、书桌上方的大理石头像或者镜子前面的紫铜大钟上的时候，那个效果，可谓是美轮美奂。那充满阳光、清洁整齐、装饰着鲜艳墙纸的房间，吐纳着静谧和欢欣。从敞开的阳台那边穿堂入室的,唯有麻雀的歌声,间或有电车经过的嗡嗡声,以及检修附近路轨的工人的铁锤敲打声。然后,我就拿起帽子,去观察田野里一夜之间又长出了些什么,并且给咪咪采集一些鲜嫩的青草。

在这里,我吃完早餐也去小花园,尽心尽职地浇灌窗下的小"庄园"。我让人捎来一个十分可爱的小喷壶,不过得拿着它去水桶那边十几次,才能将花坛基本浇透。在朝阳的映照下,壶里流出的清水,犹如喷珠溅玉,光彩夺目;那半开的风信子,有红有蓝,承载着晃晃悠悠、欲落还休的水滴,煞是好看。

那么为什么我还如此的伤感呢?我几乎认为,我过高地估计了天上的太阳的力量。不管阳光的照射是多么猛烈,有时它却无法温暖我的心房,因为我的心房未能报之以温暖。

卢

(郭颐顿 李映芳 译)

致汉斯·狄芬巴赫

（1917年5月14日）

佛龙克

亲爱的汉：

只写匆匆几行。他们可能会和露易莎（·考茨基）和伊格尔一家差不多时间来访。请千万不要跟他们说起《反批判》的事儿，因为到目前为止，我还没向他们提起过呢。如果他们从第三者方面听说，那么一定会使我感到难堪的。另外，等书一印好，我准备送露易莎一册。兴许她能读懂。

汉森，对露易莎好一点儿，让她感到温暖和快乐。可惜我做不到这一点。天哪，这可不是我的过错呀。完全是事不由己。我的心这几天都像小狗一样哆嗦着、颤抖着，而且还在不断地变得更加胆小怕事。为了露易莎，我感到非常内疚。她肯定以为，惹恼我的是她。但是，事实上完全不是这码事。请你帮忙劝劝她。

今天晚上，我的情绪坏透了，真不知怎么对你说。为了寻求安慰，我翻了一下《西东集》。我非常喜欢这本书，因为它不仅流淌着不朽的激情，而且还有个苏莱卡——玛丽安娜。我认为，她是歌德笔下唯一讨人喜欢的女性。我觉得她自己的歌，发自内心，天真朴实，完全可以和歌德相媲美。比如，在送别飞天信使时，她唱的那段是多么美呀："告诉他，请你委婉地告诉他：他的爱情是我的生命。只有他的亲近，才能使我心情安然不忧伤。"[1] 不幸的是，哈奈克版只收录了部分歌词。

至于正儿八经的阅读嘛，我这是第N次拜读《莱辛传奇》[2]了。你知道这本书吗？它给我提供了无穷的激励和精神食粮。

致以亲切的问候！

卢

（郭颐顿　李映芳　译）

注释

1 引文错误，十分有趣，也许隐含着某种暗示。苏莱卡只祈求"心情安然不忧伤"，而罗莎也希望得到"心情安然"。
2 《莱辛传奇》是弗兰茨·梅林的马克思文学批评的经典著作。

致宋娅·李卜克内西

（1917年5月19日）

寄自佛龙克

……现在这儿多美啊！到处是葱翠的绿色，百花怒放。栗树披上了鲜嫩而华丽的绿叶，醋栗树上点缀着许多黄色的小星，长着略带红色的叶子的樱桃树已经盛开，黑桦树也正含苞欲放。今天露易莎·考茨基来看我，临行时，她送给我一簇毋忘我花和蝴蝶梅，我便亲自把它们栽种起来。我把毋忘我花和蝴蝶梅交错相间种成两个圆球形的花簇，又在中间笔直地种了一行。所有的花都种得那么好，我几乎不敢相信自己的眼睛，因为这是我生平第一次种花，居然种得这么成功。正巧到圣灵降临节的时候，我的窗前有这么多的鲜花！

现在这儿有许许多多新来的鸟儿，我每天都认识一种以前从没有见过的。啊，你还记得，那时候我们跟卡尔一起一清早在植物园里听夜莺叫，我们看见一棵硕大无朋的大树，一片叶子还没长，却密密层层地生了一树闪闪发亮的小白花；我们苦苦地思索，这到底是什么树啊？因为它显然不是一株果木树，花儿的形状也有些奇怪。现在我知道了！这是一棵白杨树，上面长的其实不是花，而是小嫩叶。白杨树的长成的叶子下面是白的，上面是深绿色的，可是初长出来的幼叶却两面都盖着一层白色的茸毛，在阳光里像是白色花朵一样闪烁发光。而今我的小园中就耸立着这样一棵高大的白杨树，所有的鸣禽都特别喜欢停在上面。那时候，就是在同一天，你们俩晚上在我家里，你还记得吗？那时候多么美啊！我们朗诵了一些东西，夜半我们站起来分别的时候，从敞开的阳台门外，吹进来一股夹着茉莉花香的清风——我还给你们唱了那首我很喜欢的西班牙歌：

> 真值得赞美，谁创造了世界，
> 他把世界创造得多么完美，
> 他创造了深不可测的海洋，
> 他创造了船儿，漂过大海。
> 他创造了永远光明的天堂，
> 他创造了大地——和你的面庞。

啊，宋尼契嘉，如果你没听过沃尔夫谱曲的这首歌，你就不知道在最后这两句纯朴的结句中包含着多少炽烈的感情。

现在，我正写这封信的时候，一只很大的土蜂飞进我房里来了，房间里充满了低沉的嗡嗡声。这多么美啊，在这因为夏暑、花香和辛勤的工作而发出的嗡嗡声里含着多么深刻的生之乐趣！

宋尼契嘉，祝你愉快，请你快快写信来，我渴望着。

你的　罗莎

（邱崇仁　傅惟慈　译）

致宋娅·李卜克内西

（1917年5月23日）

寄自佛龙克

……在我把我的信付邮的时候，你14日写的最近的一封信也寄到这里了。很高兴，我又能跟你联系了，今天我要向你热烈地祝贺圣灵降临节！"圣灵降临节，这可爱的节日来到了。"歌德的《列那狐》[1]便是这样开始的。但愿你度这佳节时心境稍微舒展些。去年圣灵降临节那一天我们跟玛蒂尔德一起到利希登拉特去做了一次愉快的远足，在那里我给卡尔采了些穗花和一支开着花的非常好看的桦树枝。黄昏的时候，我们手里拿着玫瑰花，像"拉温娜地方三个贵妇"似的在绥登南的田野里散步……

现在这里紫丁香也已经开花，今天开得绚烂

极了！天气暖和得我必须穿上最薄的线衫。但是虽然又是阳光，又是温暖的天气，我的小鸟儿却逐渐地几乎完全沉寂了。非常明显，它们正在忙于繁殖后代；雌鸟在窝里孵卵，雄鸟为了给自己、给配偶寻觅食物，忙得不可开交。也许它们都在田野里或者大树上筑巢，至少现在我的小花园是寂静起来了；只是偶尔夜莺短促地啼叫几声，或者青雀足声嚅嚅地在那里踱步，或者深夜里金翅雀长鸣一声，我的山雀却影踪全无了。昨天忽然有一只青山雀从远处啼了一声，向我问候，这使我非常感动。青山雀跟茝雀不一样，它不是常住鸟，总要到3月底才飞回我们这儿来。起初青山雀也常停留在我的窗子附近，跟其他的鸟一起飞到窗子跟前来孜孜不倦地唱它那令人发笑的"戚戚勃"，可是它把声音拉得那么长，活像一个顽皮的孩子在嬉笑。我每次听了总忍不住要笑，并且模仿它的叫声来回答它。以后到了5月初，为了到外面产卵去，青山雀也跟其他的鸟一起消失无踪。我已经有几个星期没有看见它听到它了。昨天我忽然从墙那边（这垛墙把我们的院子和监狱另一处地方隔开）听见了这熟悉的问候声，可是声音完全变了，只是很短促的接连三声"戚戚勃——戚戚勃——戚戚勃"，以后就寂然无声了。我的心不觉紧缩在一起。在这远远传来的一声短促的啼声中包含着多少东西啊。它包含着一只鸟儿的全部简短的历史。这就是青山雀对于初春求偶的黄金时代的一个回忆，那时候它成天歌唱、追求别的鸟儿的爱情；可是现在它必须成天飞翔，为自己为家庭寻觅蚊虫，仅仅是一瞬间的回忆："现在我没有时间——啊，的确。从前真美——春天快完了——戚戚勃——戚戚勃——戚戚勃！——"相信我的话吧，宋尼契嘉，这样一声情意绵绵的鸟叫会深深地感动我。我的母亲，她认为除了席勒[2]以外，圣经是最高智慧的泉源，固执地相信所罗门王是通鸟语的。我嘲笑她的慈母的天真，因为我那时才14岁，优越感很强，又受到现代自然科学的教育。现在我自己跟所罗门王一样，也懂得禽言兽语了。当然这不是说禽兽也用人类的语言，而是说我懂得了鸟兽的鸣叫声中各种最细微的差别和感情。只有一个漠不关心的人的粗鲁的耳朵才觉得鸟儿的歌唱永远是千篇一律的。如果我们喜爱动物，了解它，那么我们就会发觉它们的声调千变万化，完全是一种语言。即使是初春时百鸟喧鸣之后出现的现在这种普遍的沉默我也能了解，我知道，如果秋天我还在这里（看样子非常可能），我所有的朋友都将重新回来，在我的窗前寻找食物；我现在已经为一只茬雀而高兴，它跟我特别亲昵。

宋儒莎，你对我的长期禁锢感到愤慨，并且问道："这是怎么回事，一些人可以决定另一些人的命运。干吗要这样呢？"

请你原谅，我念到这句话时忍不住要放声笑出来。陀思妥耶夫斯基[3]的小说《卡拉马佐夫兄弟》中有一位卓克拉可娃太太。她在社交场合中常常提出的也正是这些问题，她一面问，一面一筹莫展地瞧瞧这个人，看看那个人，可是还没等人回答，她又跳到别的问题上去了。我的小鸟儿，人类的全部文化史——这部历史按照最低的估计已经有两万余年了——都是建立在"一部分人决定另一部分人的命运"之上的，这事的根源在于物质生活条件之中。只有经过极端痛苦的进一步的发展才能改变这种情况，我们现在正是这一章痛苦的历史的目睹者，你问，这一切是为什么？"为什么"——这根本不是对整个生活和生活形式的概括。为什么世界上有青山雀？我真不知道为什么，可是我很高兴世界上有青山雀，而且如果我突然听见从墙那边远远地传来一声短促的"戚戚勃"时，我就把它当作是一种甜蜜的慰藉。

你把我的"镇静"估计得过高了。可惜我内心的平衡和喜悦，只要有一片极其轻微的阴影笼罩着我，便化为乌有了，我那时就感到说不出的痛苦，我的特点只不过是沉默不语而已。宋尼契嘉，我那时真的一个字也说不出来。譬如说在前几天我很欢畅、愉快，阳光使我很高兴，突然间星期一一阵冰冷的风暴向我袭来，一下子把我爽朗欢愉的心情变成了最深沉的苦痛。如果我心灵的幸福真的突然出现在我的面前，我会一句话都说不出来，最多只不过用迟钝的目光控诉我的绝望而已。当然我很少想讲话，我甚至几星期听不见我自己的声音，这也就是为什么我毅然下了决心不让我的咪咪到这儿来的原因。这小动物已经过惯了愉快、热闹的生活，它喜欢我唱歌、笑、跟它在所有的房间里穿来穿去捉迷藏，它在这里会使我忧伤的。所以我就让它留在玛蒂尔德那里了。玛蒂尔德在最近几天要到我这儿来，我希望那时能重新振作起来。也许圣灵降临节对我也会成为一个"可爱的节日"。宋尼契嘉，你为了我要愉快、安心，一切都会转好的，相信我吧。请你代我衷心地向卡尔问候，我多次地拥抱你。

多谢你那张美丽的小画片。

你的　罗莎

（邱崇仁　傅惟慈　译）

注释

1　《列那狐》是欧洲中古时代流传的一个动物故事，歌德根据这个题材在1794年写了一篇故事诗。
2　约翰·克里斯托弗·弗里德里希·冯·席勒（1759—1805），德国诗人、戏剧家。
3　弗奥多尔·米哈伊洛维奇·陀思妥耶夫斯基（1821—1881），俄国小说家。

致宋娅·李卜克内西

（1917年5月底）

寄自佛龙克

宋儒莎，你知道我现在在哪儿，我在哪儿给你写这封信吗？在花园里！我把一张小桌子搬到外边来，很隐蔽地坐在绿森森的灌木丛中。我的右边是丁香般芬芳的黄醋栗树，左边是一簇矮矮的女贞，在我头顶上，一棵尖叶的枫树和一棵亭亭玉立的小栗树彼此交搭着它们宽大的绿油油的手掌，在我前面是一棵枝叶扶疏的肃穆而慈祥的白杨，它徐缓地摆动着它那白色的叶子，沙沙作响。淡淡的叶影和一圈圈闪闪的阳光在我正写字的信笺上舞动，从雨水润湿的树叶上时而有水珠滴在我的脸上和手上。监狱的教堂里人们正在做礼拜；低沉的木管风琴声隐约地传出来，给树木的飒飒声和小鸟的愉快的合唱声盖住了,这些小鸟今天都非常愉快;从远处传来杜鹃的啼声。这多美,我多么幸福,人们几乎感到有些仲夏的气息了——夏季的丰满茂盛和生命的沉醉;你知道瓦格纳[1]的歌剧《歌唱的能手》里一幕群众场面吗?一大群人不分男女老少都在拍手:仲夏的节日!仲夏的节日!忽然间大家跳起皮特尔梅尔华尔兹舞来了。在这种日子里人们很容易想起这种情调来。——我昨天是怎么样过的呀!我一定要把昨天的经历告诉你。上午我在浴室的窗子上发现一只大孔雀蝶。它大概在屋子里已经有好几天了,它在坚硬的玻璃上无力地飞扑着,已经奄奄一息了;它的双翼仅仅还有微弱的一丝生机。我一看见它,不禁焦急得战栗起来,赶紧重新穿上衣服,爬到窗上,小心翼翼地把它放在手里——它一点也不挣扎,我想它恐怕已经死了。我把它放在身边的窗栏上,让它苏醒过来,那时它的生命的火焰跳动得还是很微弱,它依然静静地伏着;我于是把几朵盛开的鲜花放在它的触须前面,让它可以有一点东西吃;正在这时一只鸫鸟在窗前响亮而又神气地唱起歌来,唱得嘹亮极了;我不禁大声说:你听,这只小鸟歌唱得多愉快,那么你这小小的生命也必须恢复过来才是!我竟对这半死的孔雀蝶讲起话来,自己也不禁哑然失笑,我想:这话是白说的!可是并不——半小时后这只小动物缓过来了,它先来回滑行了一下,终于缓缓地飞走了!拯救了这条小生命我多么高兴啊!这是我遇到的一件小事。

　　下午我当然又走到花园里去，我从早晨8点到12点（直到有人喊我去吃饭为止）又从3点到6点一直消磨在花园里。我等待着太阳，我觉得太阳在昨天似乎一定会，一定会出来的。但是它竟没有出来，我变得忧郁起来了。我在花园里踱来踱去，一阵微风吹来时，我发现一件奇妙的事：白杨树上完全成熟了的柔荑花绽裂开来，随风飘荡，它的包着种子的绒毛到处飞舞，像雪花似的飞满天空，把泥地和整个院子都铺满了；漫天飞舞的银白色的绒毛，这景象多么神奇！白杨比其他一切飘花絮的树开花开得晚，全靠繁密地散播种子，使自己传播到极远的地方，像野草似的，在墙缝里、石块间，到处都有它的幼苗在抽芽。

　　6点钟我又跟平常一样给关进去了，凄凉地坐在窗口，天气闷热，我的头昏沉沉地像压着一块什么重物。我仰望高处，蔚蓝色的晴空衬托着片片白云，白云下边，在令人目眩的高空中，几只燕子愉快地来回穿飞，好像要用它们的小剪刀似的尖翅膀划破长空。但是一会儿天暗了，万籁俱寂，突然一阵大雷雨袭来，夹着倾盆大雨和两声惊天动地的霹雳。大雷雨之后，出现了一幅使我难忘的景色：雷雨一会儿就过去了，天上密布着一色灰云，晦暗、苍白、阴霾的暮色忽然降临到大地上，仿佛垂挂着一层严密的灰色纱幕，雨点轻柔而均匀地洒落在树叶上，紫红色的闪电一次又一次地划破铅灰色的天空，远处的隆隆雷声像汹涌澎湃的海涛余波，不断滚滚传来。在这阴森森的氛围中，蓦然间一只夜莺在我窗前的一株枫树上鸣啭起来！在雨中，在闪电中，在隆隆的雷声中，夜莺啼叫得像是一只清脆的银铃，它歌唱得如醉如痴，它要压倒雷声，唱亮昏暗——我从来没有听见过这样美的声音。它的歌声在那时而铅灰、时而艳紫的天空的烘托下像一道灿烂的银光在闪闪辉耀。这是那么神秘，那么美得不可思议，我不禁反复吟诵歌德那首诗的最后一行："啊，但愿你在这里！……"

永远是你的　罗莎

（邱崇仁　傅惟慈　译）

注释

1　威廉·理查德·瓦格纳（1813—1883），德国作曲家。

致玛蒂尔德·雅可布

（1917年6月1日）

我最亲爱的玛蒂尔德：

您没生我的气吧?!……要知道，我们在一起的每分每秒，都让我感激不尽，可是……一直以来，您一定早已习惯和宽容了我的"可是"，对不？昨天您送来的元帅玫瑰，让整个房间洋溢着芳香。我躺在沙发上做白日梦，直到10点，没熄灯便睡着了。现在正是一年中最美的时候，有着无穷无尽的晨夕光影，每到黄昏，鸟儿就再没有片刻安静。直到夜里9点半（按鸟儿的时间，就是8点半），还能听见那些好动的小精灵们快活的啁啾。暮色中，隐隐约约可见紫丁香花穗的幽光，周遭如此安静，仿佛所有的一切都在屏息以待。

要强迫自己离开窗口实在太难了,我真想整夜站在那儿,啜饮鲜美的清芬。

晨安,我最亲爱的玛蒂尔德。愿您旅途愉快,且一直喜爱我,无论如何。

您的 罗

(胡雅莉 译)

致宋娅·李卜克内西

（1917年6月1日）

寄自佛龙克

……兰花我本来就熟悉；美因河畔的法兰克福有一处极其漂亮的花房，里面有一部分摆满了兰花，我在那里遭了一场官司，坐了一年牢之后，曾经花了好多天工夫辛勤地对兰花作了一番研究。我觉得兰花在它的轻盈幽雅中，在它的美妙但不自然的造型中，有一点儿矫揉造作、颓伤的样子。我觉得兰花仿佛像是洛可可时代的浓妆盛饰的娇艳的贵夫人。我怀着内心的矛盾和某种不安的心情来欣赏兰花，因为我的本性是与一切颓伤、诡异不相容的。比方说，我对于朴素的蒲公英就要喜欢得多，蒲公英的颜色含着许多阳光，它完全跟我一样，向着阳光怀着感激的心情盛开着，但是只要被些许阴影遮盖住,它就羞怯怯地闭上了。

如今的黄昏和夜晚多美啊!昨天万物都披上了一层难以描摹的魔幻般的色彩。太阳早已下山,天空涂着一层亮晶晶的乳白色,上面有一条五色缤纷的彩带,仿佛是一块大调色板,画家辛勤地工作了一天之后,临休息前把他的画笔在上面信手一挥。空气中有一股雷雨前的郁闷,有一种微微使人心神不宁的紧张气氛;灌木丛纹丝不动地簇立着,夜莺也听不见,可是那不知疲倦的黑头的鸫鸟还是在枝头跳来跳去,尖声地叫个不停。万物似乎都在等待着什么。我凭窗伫立,也在等待——上帝知道我在等什么。6点被"禁闭"起来后,我在天地之间根本不再有什么可以等待的了……

(邱崇仁 傅惟慈 译)

致玛蒂尔德·雅可布

（1917年6月2日）

佛龙克

我亲爱的玛蒂尔德：

联想到您最近那次探视时我们所谈的话，您大概能够从附件中弄清我的意思。那么，请寄来我的出生证，或者更确切地说，寄来那张代表我的出生证的滑稽的小纸片。我已经不记得那里是否还有经过公证的上述证书的德文翻译件。如果没有，就请您寄来俄文原件（挂号）。我可以自己翻译，波森的先生们只好凑合着看了。

您看，我写给您的信一直还没有寄出。人们还要我去索要逮捕令！这个我办不到；您现在拿到了副本，想必它够用了。

您让人转送给我的那些漂亮的鲜花大概采自

水边或沼泽：它们是马蹄莲，在德语中称为沼地蛇草。我好像还未曾见过这种植物在野生状态下的样子（它们通常被当作观赏植物来培植）。它们属于海芋属植物，并且跟该属所有植物一样是有毒的。

我完全忘了问您，我那篇不幸的修改稿送到《柏林事务》后的命运怎么样了？修改稿现在已被及时交走了吗？修改理由是怎样写的？

今天我吃惊地发现自己的纱衣完全坏了，可是又根本没有别的薄衣服，因此想请您让人新做一件蓝色的（式样与我常穿的衣服相同，只是裙子的下边要宽一些，领子用蓝色丝绒并且配同样颜色的扣子）。我马上寄去旧的灰色衣服当尺寸，因为新衣服的腰部太肥了。不过裙子要缩短6公分（后面缩短8公分）。

我寄给您的明信片写于"五分钟探视"之前。但愿这次不幸的结局没有让您在离开时过于失望。今天早晨我又听见布谷鸟在近处的叫声，但它很快就飞到远处去了。

拥抱您和咪咪！

您的 罗莎

衷心问候您的母亲和格雷特欣小姐。

（柴方国 译）

致玛蒂尔德·雅可布

（1917年6月8日）

……噢，玛蒂尔德！我多么想念您啊！说真的，我痛苦到了极点。有时我觉得自己会疯掉的。不过别太当一回事儿。都有过那么多次了，想来我会再度克服它。在最痛楚的想念中拥抱您和咪咪。

您的　罗

（胡雅莉　译）

致玛蒂尔德·雅可布

（1917年6月13日）

我最亲爱的玛蒂尔德：

……痛得太厉害，结果给您写了那封信，一定也使您非常难过。信一寄出，我马上后悔了。我已经好点儿啦，偏头痛过去了。您来这儿的时候，我们谈谈医生的事。记着申请22日，那又是个星期五；毕竟，那一天最适合您不过了。立刻写信告诉我您申请没有。到时候，希望我已经恢复得足够好了，可以全然快快乐乐地和您在一起……一千次拥抱您和咪咪。

您的　罗

（胡稚莉　译）

致汉斯·狄芬巴赫

（1917年6月23日）

佛龙克

汉森：

你好！我又来了。我今天感到非常的孤单，因此必须跟你聊聊，好振作振作精神。吃罢午饭，我遵照医嘱躺在沙发上休息，一边读着报纸。2点30分，我决定起身，但是马上就昏睡过去了，并且还做了一个奇梦。梦境栩栩如生，但印象却若有若无。我只依稀记得，梦里有个我亲近的人，并且还用手摸着他的嘴唇问："这是谁的嘴呀？"他回答说："是我的。""噢，不是！"我笑着喊道。"那张嘴是属于我的！"醒来之后，我仍然为这种胡言乱语而感到好笑，看过手表，时间依然是2点30分。我的美梦，虽然实际上只持续了几秒钟，但却给我留下了一个宝贵的感觉，给了我莫大的安慰。然后，我便起身去了花园。

在花园里，我再度体验到了一次美妙的经历：一只知更鸟蹲在我身后的墙上，为我唱了一首小曲。一般来说，现在的鸟儿们都在忙着生儿育女，很少能够像今天的这只知更鸟那样，忙里偷闲地高歌一曲。这只小鸟5月初曾来看望过我好几次。不知道你是否认识这种鸟儿，是否听过它的歌唱？和其他许多事情一样，我是到了这里之后才开始了解它的，并且对它宠爱有加，胜过那著名的夜莺。夜莺那银铃般的独唱，使我回想起那些大牌歌星、听众、雷霆般的欢呼和溢美之词。知更鸟的嗓子，细微优雅，唱出来的歌欢快活泼，颇有点起床号的味道，听来别有韵味。在《菲岱里奥》[1]中的监狱一幕，远方传来的解放号角，仿佛撕破了黑暗的夜空。你还有印象吗？知更鸟的歌声，听起来就是那个味道，只不过音调更加温柔，更加甜美，就像迷失在梦中的那轻丝薄雾般的记忆一样。

听到这歌声，我感到悲喜交加。我的人生和世界，顿时又沐浴着新的光华，仿佛云雾将开，新的一轮日头又将明晃晃地照耀在地球之上。

听完这支温柔的小曲，我今天觉得心平气和，并且立刻为自己曾经给予别人的冤枉，以及曾经拥有的苛刻思想和感情感到惋惜。我再次痛下决心，立志做个好人——一个实实在在的好人，哪怕为此付出代价。这要比"永远正确"和"锱铢必较"更好。然后我就决定今天马上给你写信，尽管我昨天立下的七条誓言仍然还在桌上。第一条誓言是："绝不写信。"看见没有，我就是这样遵守自己的"铁定"誓言的！我就是这样的柔弱！如果像你在上一封信中所说的那样，阳刚的一族看到女人的柔弱表现，就会马上对她们爱怜有加，那么你现在看到我，一定喜欢得快要疯了吧。我这个人太柔弱了。比我自己想象的还要柔弱。

顺便说一句，你的这张娃娃嘴，说得居然比你想象的还准，因为奇怪得很，我不久以前就亲历了这样的事情。在哥本哈根举行的大会上，你肯定见过卡米尔·惠斯曼，就是那个高个子，黑卷发，长着一张典型的佛兰德脸的小伙子？他现在理所当然地成了斯德哥尔摩会议[2]的主要推动者。十年以来，虽然我俩都是属于国际局的，但是十年以来，我俩却彼此敌视，老死不相往来。为什么？很难说得清。我认为他不能容忍积极参政的妇女。而我自己，则为他的傲慢无礼所气恼。对了，事情是这样的，1914年7月在布鲁塞尔召开的最后一次会议期间，那时战争还没有爆发，我俩在一起相处了几个小时。当时是在一家豪华餐馆，我坐在一张上面摆了一束唐菖蒲的餐桌旁边，对着那束花儿出神，没有去参加其他人的政治讨论。后来，谈话的内容，不知不觉地转到我怎么离开的问题上。我在"世俗问题"上表现出来的无能，立刻成为大家议论的对象。我永远离不开一个监护人，帮我买票，送我上火车，帮我找回丢失的手袋……一句话，凡是我的那些让你多次开怀大笑的可耻弱点，全都让他们给抖了出来。

惠斯曼一直默默地注视着我。一小时后，十年的冤家，竟然成了好友！真是滑天下之大稽！他终于看到了我的弱点，而他自己则是左右逢源。他马上决定亲自处理我的问题。他和那个讨人喜欢的小个子窝龙人安西尔[3]，不由分说地将我拉到他家吃晚饭，还弄来一只小猫，并且为我弹唱莫扎特和舒伯特的作品。他有一台好钢琴，又有一副激越的男高音嗓子。他十分惊奇地发现，音乐文化居然也是我的生命血液。他弹奏的舒伯特的《人类的局限》[4]，非常动听，而且还声情并茂地唱了几遍末尾的那句"和我们嬉戏风和云"。他的佛兰德口音很浓，把那个"云"字唱得像个"运"字。

后来嘛，他自然送我去了火车站，而且还亲手为我提箱子。他甚至还到车厢里跟我坐下，然后突然说："Mais il est impossible de vous laisser voyager seule !"[5] 好像我当真是个小娃娃似的。他坚持要送我到德国边境。我费了好多的口舌，才促使他打消了这个主意。火车快开动了，他才跳下去，一边大声说着："巴黎再见！"因为过两个星期，也就是7月31日，我们预定在巴黎召开另一次会议。但是，当火车驰进柏林车站的时候，总动员已经进行得如火如荼。两天以后，可怜惠斯曼的可爱祖国比利时，就遭到了占领。但是他的歌声

"和我们嬉戏风和云",却常常萦绕在我的脑际。

再过两个星期,我的牢狱生涯就整整满一年,或者说整整两年了,如果那短暂的自由可以忽略不计的话。哦,要是能来上一个小时的不伤害任何人的闲聊,那将会给我带来多么大的裨益呀!在探监的时候,当然,我们匆匆谈论的都是公事,而且大部分时间,我都是提心吊胆的。除此之外,我既见不到别的人,也听不到别人的说话。

现在虽然已是晚上9点,但是天依然亮如白昼。四下里静悄悄的一片,只听得见闹钟的嘀嗒声,以及远处传来的狗吠声。在这乡间原野,夜半的狗吠,居然勾起了我的乡思,你说怪也不怪?我马上联想到一户舒适的农家,门口站着一个身穿短袖衬衣的汉子,嘴里衔着烟斗,正在和邻家的女人聊天。屋里,回荡着活泼可爱的童音和锅碗瓢盆交响曲。屋外,成熟的麦子香飘四野,青蛙的鼓噪依稀可闻。……

再见,汉森。

卢

(郭颐顿 李映芳 译)

五 柏林巴尔尼姆—佛龙克—布累斯劳狱中

注释

1 《菲岱里奥》是贝多芬的唯一歌剧。
2 指社会主义者召开的斯德哥尔摩和平会议。
3 爱德华·安西尔(1856—1938),比利时工人党的创始人和领导人之一,第二国际执行委员会委员。
4 根据歌德的诗歌改编而成。
5 原文为法语:"让你一个人旅行是完全不可能的!"

致汉斯·狄芬巴赫

（1917年6月29日）

佛龙克

汉森：

你好！哦，对了，为了你，我定的七条准则中的第一条，又要遭到违背了。其余的六条都订得比较合理，相信会获得你的批准。格拉希[1]只肯用我来交换陆军元帅，真叫人感动。顺告，他的信给我留下了良好的印象，看起来，战争使他的思想成熟多了。我很乐意在我们的"愚人"俱乐部里再见到他。可那将是什么时候呢？……

每天晚上，凭铁窗而坐（这样可以呼吸到新鲜空气，也可以遐思梦想），两只脚搁在另一张椅子上，附近的某个地方，就会传来谁在用力拍打地毯的嘭嘭声，或者是类似的声音。我不知道是谁在拍打地毯,也不知道是在哪里拍打。但是,通过这些有规律的声音,我已经跟那个不知名的人,建立了一种亲密的、尽管是模糊的关系。这些声音,使我朦胧地想起了相应的家务活儿,想起了一个纤尘不染的小窝。也许是监狱里的某个女狱警、一个老处女或者寡妇什么的,就跟监狱里的大多数狱警一样。她只有下了班才有时间,把她的几个房间收拾得井井有条,干干净净。当然,这些房间是没有人进去的,就连她本人也绝少使用。然而,不知怎么的,这些拍打声,每一次都带给我一种井然有序的、有一定界限的安宁感觉;同时也带给我一种被狭隘无望的贫困生活——碗柜、发黄的照片、假花、硬沙发等等——所困扰的感觉。

你也体会得到这种来源不明的声音的奇效吗?我在每一家监狱里,都有这种经历。比如在茨威考,每天凌晨两点钟,住在附近池塘边的野鸭,就会准时地"嘎嘎"大叫,把我从睡梦中惊醒。开头的四声"嘎嘎嘎嘎",激越高亢,然后声音依次递减,变成深沉的喃喃细语。每次被野鸭的叫声吵醒后,睡在硬如石头的床垫上的我,都得在伸手不见五指的黑暗当中,用几秒钟的时间,去努力回想自己到底身在何处。那总是有点压抑的身在樊笼的感觉,那特别震耳的野鸭叫声,以及不知野鸭藏身何处又只能在夜半听到的事实,给它们的叫声平添了几分神秘和意境。那每天夜半定期发生的鸭叫,具有某种不可更改性,像那亘古流传的哥普特人的格言,听上去颇有些至理名言的意味。

> 在那印度的辽阔夜空
> 在那埃及的深深古墓
> 我聆听到圣人的教诲……

由于无法破译野鸭的智慧，由于对它的认识只有一知半解，所以我每次听到鸭叫，都会心感不安，苦闷地躺在床上，久久不能入眠。

巴尔尼姆街的情形，则截然不同。9点钟熄灯。不管我愿不愿意，都得上床，尽管不能入睡。9点钟以后，从相邻的房客家里，就会传来一个两三岁的男孩的啼哭。过上一阵，小家伙的抽搭，就演变成了真正的哀号；但是他的号哭，并不含有任何的强烈感情，也不表达任何的痛苦或者愿望。它只是表达了一种对生存的普遍不满，表达了他无法面对人生的艰难困苦，特别是妈妈不在身边的时候。他那孤苦无助的哭号，会持续整整三刻钟。然而10点整，我就能听到房门被用力地推开，接着是一阵轻快的脚步，然后是一个仍然挟带着户外清新空气的、圆润的、少妇的声音："你怎么还不睡觉？你怎么还不睡着？"话音未落，又听得"啪啪啪"三声脆响，打在那可爱的、圆溜溜的、仍然散发着床褥温暖的小屁股上。哦，说来也奇怪，人生的所有难题，所有困惑，就这么三下就给轻而易举地彻底解决了！呜咽声立刻停止，小男孩随即进入梦乡，出租屋里又变得万籁俱静。

这个每晚定期定点发生的情景，成了我自己生活里的一个组成部分。每到晚上的9点钟，我就会绷紧神经，等待那个不知名的小邻居开始吵闹和呜咽。对于他的哭腔，我早已烂熟于胸，因此可以击节追随。他那无依无靠的情感，被我理解得淋漓尽致。然后，我会期待少妇的归来，期待那振聋发聩的喝问，特别是那脆生生的打屁股声。相信我，汉森，用打屁股这样的古老方式，来解决生存难题的做法，在我的灵魂里，居然也创造了奇迹。我的神经和男孩的一样，会立即得到放松，然后我每次都会和那个小孩一道，安然入睡。我从来也不清楚，这些千丝万缕的人际关系，是透过哪一个装点着天竺葵的窗户，抑或是哪一间阁楼，怎样和我联系上的。在光线刺目的白天，放眼望去，所有房屋的模样，都是同样的死气沉沉、庄严肃穆和冷漠无情的。它们的表情，也是一个模样："我们一无所知。"只有在黑暗的夏夜里，通过空气的细纱，才能够织就陌生人与陌生人之间的神秘关系。

啊，亚历山大广场的记忆，是多么的美好呀！汉森，你知道亚历山大广场是怎么回事吗？在那里的一个半月时间，灰白了我的头发，分裂了我的神经，至今仍没法补救。但是有一个小插曲，就像一朵鲜花，绽放在我的记忆里，时值10月深秋，那里的夜幕，在下午的五、六点钟，就早早地降临。由于我的牢房中没有灯火,所以在那仅仅400立方英尺的监仓里,除了躺在挤放在乱七八糟的家具中间的行军床上睡觉以外,别的事情什么也不能干。轻轨火车不停地呼啸,犹如地狱里的音乐,时时震撼着牢房;哐哐作响的窗玻璃,流淌着车灯的红色反光。在这个环境下,我只能默默地背诵默里克的诗句。10点钟以后,由轻轨火车演奏的狂暴音乐会,渐渐地隐退消失;取而代之的,是另外一出街头小品:首先听到的,是一个带有召唤和责怪成分的男低音;而应答他的,则是一个八龄女童的歌声。显然,女孩儿一边四处蹦跶,一边唱着一首童谣。她那银铃般的笑声,犹如铃铛一样清脆。那个男低音的主人,说不定是一个身心疲惫、脾气不好的门卫,正在呼唤小女儿回家睡觉。可是小淘气就是不肯回家,于是跟她的父亲——那个蓄着胡须、略带粗暴的男低音——玩起了捉迷藏的游戏。她像蝴蝶一样,翩翩舞蹈在大街上,用那活泼的童谣,挑逗那佯装的严厉。你几乎可以看到她那上下翻飞的短裙和频频振动的腿杆。在那节奏跳荡的童谣中,在那格格的笑声中,包含着她对人生的无限热望和企求,整个黑夜,还有警察局那座破败的大楼,仿佛为银色的雾霭所笼罩,仿佛我这臭气熏天的监房,突然之间散发出了红玫瑰的芬芳。所以,不管身在何处,我们都能够从街头巷尾捕捉到一些快乐。这种快乐告诉我们,生活是美好的,也是丰富多彩的。

汉森，你不知道今天的天有多么的湛蓝！不知道它是不是也和利萨的天蓝得一样？通常，在每晚监房"上锁"之前，我有半个小时的放风时间，可以带着小喷壶，去园子里面浇浇花（自己种的三色堇、勿忘我和福禄考！），并且散上一会儿步。这傍晚的时光，别具魅力。太阳依然是热辣辣的，但是我却非常乐意让那散射的阳光，亲吻我的颈项和面颊。一阵清风，从灌木林间吹过，发出飕飕的声响，仿佛在说，夜晚的凉爽就要降临，白天的炎热即将过去。湛蓝的天空，闪闪烁烁，洁白的云朵，高高悬挂，淡淡的半月，徜徉其间，仿佛幽灵，仿佛是梦。燕群已经开始归巢，尖尖的翅膀将蓝天的丝绸，裁剪成无数的碎片。它们发出尖锐的叫喊，在那令人目眩的高空，上下翻滚，冲来突去，疾如利箭。我拿着喷壶，站在那里看呆了，甚至连壶里的水在往外洒，都没有注意到。我仰着头，突发奇想，想一个猛子扎进那湿润闪烁的蓝天，在里面沐浴，在里面嬉水，让水花把我吞没，然后消失得无影无踪。此时我想起了默里克的诗句：

啊，江河，沐浴着晨曦的江河！

接纳一次，接纳

这个渴望的躯体，

亲吻它的胸膛和面颊！

湛蓝的天空，纯如孩童，

波涛在那里放歌,

天空是你的灵魂,

哦,让我化作云烟弥漫其间!

我把自己的心智和感官

沉浸在你的深蓝

虽展翅翱翔,仍飞不到天边!……

世上可有比这湛蓝更深邃的事物?

唯有,唯有爱情,

爱情永不知足,爱情对其

变幻不止的光华,永不满足。……

看在上帝的份儿上,汉森,别学我的坏样。也不要变得像我这样的唠叨,下次绝不这样了,我保证!!!

卢

(郭颐顿 李映芳 译)

注释

1 格拉希是德国社会民主党党员,罗莎·卢森堡的朋友,追求者。

致宋娅·李卜克内西

（1917年7月20日）

寄自佛龙克

宋尼契嘉，我亲爱的，我在这儿待的日子要比我原来预料的拖得还长些，所以你还可以接到最后的一次从佛龙克寄出的问候。你怎么会想到我会不再写信给你了呢！在我的心头对你还是一点儿也没有改变，也不可能有什么改变。我没有写信，是因为我知道你离开爱本豪逊后有千百种琐事要做，也有一部分原因是我暂时没有心情写信。

关于我要到布累斯劳去的事情恐怕你已经知道了。今天一清早我就在这里和我的小花园告别。天色晦暗，是一种要起风暴、落雨的天气，在天空中破絮似的云片驰骋着，可是我今天还是尽量地享受我照例的清晨散步。我跟沿墙的那条狭窄的石子路告别，在这条路上我来回地走了差不多有九个月之久，这条路上几乎每块石头，每株石缝间的小草我都熟悉。我喜欢铺路石子的各种颜色：近乎红色、蓝色的，翠绿的，铅灰的。尤其是在那漫长的冬天，叫人向往着一些富有生机的绿色的时候，我的渴望颜色的眼睛总设法在这些石块上寻觅一点彩色和鼓舞。现在夏天到了，在石头中间可以看到那么多稀奇而有趣的东西了！成群的野蜂和黄蜂在这儿做窝！它们在石头和石头之间钻了许多胡桃大的圆洞和很深的孔道，把泥土从里面扒到地面上来，叠成很好玩的一簇簇的小土堆。它们在这里面产卵、制蜡、酿野蜜；它们经常飞进飞出地忙个不停，为了不踩坏这些地下住宅，我在散步的时候必须很小心。在好几处地方蚂蚁筑的小径笔直地穿过路面，在这些小径上它们来往不停地走动，这些路径直得惊人，好像它们知道这条数学定理：两点之间的直线是最短的连接线（对于这一点有些原始民族至今还是茫然无知的）。此外，墙边还茂密地丛生着野草；一些小植物已经开过花了，一片片花絮散落下来，另外一些小植物还在继续不断地萌芽。整个一代的幼树成长起来了，这些幼树都是今年春天我亲眼看着它们从路旁、墙边的泥土中茁壮成长起来的；有一棵小槐树显然是从一个由老树上落下来的荚壳里抽出芽来的。更多的小白杨树也是5月以后才出世，可是现在已经茂密地缀满了半白半绿的叶子，在风雨飘摇之中，这些小树便婀娜地摆动着叶子，跟老树一模一样。我曾多少次走遍了这条小径，可是每次我内心的感受和思想是多么的不同！在隆冬季节，雪后初晴，我常常用自己的双脚给自己开辟出一条路径来，在这时候我的可爱的小茞雀来伴着我；我本来希望在秋天能与这只小茞雀重逢，然而当它再飞到窗前就食的旧地时，它将找不到我了。3月里，我们在寒冷中碰到几天解冻的天气，我的路变成了一条小河。我还记得，一阵熏风吹来时，水面上如何皱起片片涟漪，墙上的砖石如何清晰地倒映在晶莹的水里。最后5月来临了，墙边长出了第一朵紫罗兰，这就是我送给你的那朵紫罗兰。

每逢我像今天这样漫步、观察并且沉思的时候，歌德的一句诗老是在我的脑海里低回着：

> 梅林老人在霞光四射的坟墓里
> 年轻时候我曾在那儿会见过他……

其余的部分你当然是知道了。这首诗跟我的心情，跟我内心所思虑的当然毫无关系。只是那首诗的词句的音韵和奇异的魔力使我沉湎在恬静之中。我自己也不知道这是怎么一回事，为什么一首美丽的诗，尤其是歌德的，每值我心潮起伏或悲痛欲绝之际，会使我感受如此之深。这几乎已经成为一种生理作用，仿佛我干渴的嘴唇啜饮了琼浆玉液，使我肺腑清凉，身心都健壮起来。你在上次信里提到的《西东集》里的一首诗，我没有读过，请你把这首诗抄给我吧。还有一首诗我也很久以来就想要它，这就是我手边一本小歌德集子中缺少的那首《花的问候》。这一首四行至六行的短诗，是我从沃尔夫的歌曲里看来的，它真是美得难以描摹。尤其是最后一节，大概是这样：

> 我把它采下来
> 怀着炽烈、痛苦的思恋，
> 我把它按在心头，
> 啊，几乎有千百遍！

这首诗在音乐里听起来那么圣洁、温柔和娴静，像是默祷时的跪拜。但是全文我记不清了，我想要它。

昨晚9点钟左右，我还看到壮丽的一幕，我从沙发上发现，映在窗玻璃上的反照是玫瑰色的，这使我非常惊异，因为天空完全是灰色的。我跑到窗前，着了迷似地站在那里。在一色灰蒙蒙的天空中，东方涌现出一块巨大的、美丽得人间少有的玫瑰色的云彩，它摆脱一切，独自浮现在天际，看起来像是一个微笑，像是来自陌生远方的一个问候。我如释重负地长舒了一口气，不由自主地把双手伸向这幅富有魔力的图画。有了这样的颜色，这样的形象，然后生活才美妙，才有价值，不是吗？我用目光饱餐这幅光辉灿烂的图画，把这幅画的每一线玫瑰色的霞光都吞咽下去，直到我突然禁不住笑起自己来。天哪，天空啊，云彩啊，以及整个生命的美并不只存在于佛龙克，用得着我来跟它们告别；不，它们会跟我走的，不论我到哪儿，只要我活着，天空、云彩和生命的美就会跟我同在。

不久我就会从布累斯劳告诉你我的情况，一有可能，请你就到那儿来看我。请你代我向卡尔致以热烈的问候。

我多次地拥抱你。在我的第九个监狱里再见。

你的忠实的　罗莎

（邱崇仁　傅惟慈　译）

布累斯劳狱中

致玛蒂尔德·雅可布

[明信片邮戳]（1917年7月26日）
自：卢森堡博士，监狱
至：玛蒂尔德·雅可布，布累斯劳四季旅馆

最亲爱的玛蒂尔德！

昨天到这儿的时候，我累得半死；毕竟，我已经不习惯于众人或骚乱了。第一眼看到我这新居所时，我的心都碎了，好不容易忍住眼泪。和佛龙克差别太大了。不过，当然要尽我所能让这儿的生活明亮点儿；这点毋庸置疑。最糟糕的要数饮食问题——对我来说这可是致命点！今天我被告知，没有一家餐馆会给我送饭。后果如何，我还不太明了；或许单单意味着我得挨饿，既然严重的胃病让我没法消化监狱的伙食！因此，万一这儿真的一无所有，我们得立刻紧急申请换到别的地方去！首先，我自然渴望马上见到您，和您说话!一千次拥抱您。

您的罗·卢

请送报纸来!

(胡雅莉 译)

致宋娅·李卜克内西

（1917年8月2日）

寄自布累斯劳

我亲爱的宋尼契嘉，我28日接到的你的来信是从外界传到这里来的第一个信息，你不难想象，这封信使我多么高兴。你对我这次迁徙肯定看得过于悲惨了，这当然是出自你对我的亲切关怀……我怀着必要的开朗、沉着的心情去承担命运的一次坎坷，这一点你是知道的。我对于这儿的生活已习惯下来，今天我的书籍也从佛龙克运来了，不久我这里的两间牢房就会摆上书、装上画片和我一向随身携带的朴素的饰物，就会像在佛龙克一样看来非常舒适，像个住家的样子了。那时我将以加倍愉快的心情来从事工作。我在这里所缺少的当然是我在那边曾经有过的相对的行动自由，在那里，牢房整天开着，而在这里我却索性给关起来了；其次，这里没有清新的空气，没有花园，而最主要的，是没有鸟儿！你不知道，我是多么地依恋这些小伙伴。当然这一切都是可有可无的，而且不久我就会忘掉，我过去的环境比这里好。这里的全部情况和巴尔尼姆街[1]颇为相似，只是缺少了那个陆军医院的漂亮的绿色庭院，在那儿我每天总能够有一些动植物学方面的小发现。此处供我散步的铺着石子的大院子里却没有什么可以"发现"的。我散步的时候总把我的目光紧张地凝视着铺在地上的灰色石块，有意不看那些在庭院里忙着干活的囚犯。这些犯人穿着带有侮辱性的囚服，我看到她们总感到痛苦；她们中间有几个人的年龄、性别、面貌特征，在打上这种极端凌辱人格的烙印之后，被抹杀无余了。可是由于一种痛楚的磁力，她们却老是吸引住我的目光。当然，不论什么地方总有这样一些个别的人物，就是监狱的囚服也不能减损她们的美貌，她们会引起一个画家的青睐。我在这儿的庭院里就已经发现一个年轻的女工，她那窈窕而俊俏的身段以及蒙着布帕的头部的端庄的侧影活像是米勒[2]笔下的形象；看她拖曳重物时的仪态如此美丽大方，真是一种享受，她的消瘦的面庞皮肤绷得紧紧的，白得像均匀地敷了一层粉，这使人想到悲剧中彼叶罗[3]的面具。但是惨痛的经验教训使我聪明起来，现在我总是设法回避这些虚有其表的人物。在巴尔尼姆街的时候，我也曾经发现一个确实具有

狱中书简

高贵的外形和仪态的女犯，我猜想她的内心也必和她的外表相称。接着她到我那里谄媚来了，两天以后原形毕露，在这一副美丽的面具下面隐藏着那么多的愚蠢和卑鄙的思想，因而以后每当她走到我面前来时，我总是把我的目光避开去。那时候我曾想过，米洛的爱神之所以能永葆最美的女人这一盛誉，历经千百年而不衰，归终只是因为她沉默不语的缘故。如果一开口，恐怕她的全部动人之处都将破坏了。

我对面是男犯监狱，这是一座阴暗的普通红砖房子。但一眼从墙头望过去，我可以看到某所公园绿色的树梢——一株巨大的黑杨树，风儿稍大一点，树叶簌簌的声音清晰可闻，还有一排颜色比较明亮的栐树，树上挂满了一束束的黄色荚子。窗子是朝西北开的，所以我有时候看到美丽的晚霞，你知道，仅仅这样一朵玫瑰色的云彩就能够使我心旷神怡，就能够弥补一切的损失。在现在这样的时刻，晚上8点钟（实际上只有7点钟），太阳刚刚在男监屋脊后面沉落，由于屋顶玻璃天窗的映射，阳光还很耀眼，整个天空染成一片金黄色。我觉得很舒畅，我不由得——我自己也不知道为什么——独自低哼古诺[4]的《圣母颂》（这支歌你也很熟悉的）。

多谢你抄来的歌德的诗篇。《有权者》这首诗确实很美，尽管这首诗本身本来是不会引起我注意的；有时候我们往往由于别人的启发才认识一样东西的美。如果有机会的话，我还想请你替我把《安纳克来昂[5]之墓》抄下来。你对这首诗熟悉吗？当然我还是通过沃尔夫的音乐才真正懂得这首诗；这首诗在歌曲中给人这么一种印象，宛若看到面前矗立着一座希腊式的庙宇。

现在——我笔搁片刻，眺望一下天空——太阳已经更低地沉没在屋宇后面了，天上高高地飘浮着——天知道是从哪儿来的——无数默然汇在一起的小云朵，它们的边缘闪耀着银色的光辉，中间呈淡灰色，所有这些撕成片片的浮云都向北驰去。它们像含着淡淡的微笑，那样无忧无虑地飞驰而去，我也禁不住跟着微笑起来。我久已如此，总是要和周围生活的韵律相一致。我们置身在这样的天宇下，怎能"闷闷不乐"或者心胸狭窄呢？你千万不要忘记，看看你四周的一切，这样你就会永远很"高兴"。

我有一点儿奇怪，卡尔要找一本专门关于鸟鸣的书。我总觉得，鸟的声音是跟鸟的体型和全部生活不可分的，使我感兴趣的只是这一切的总和，并不是割裂开来的某一部分。你给他一本好的动物地理学的书吧，这样一本书一定会使他很兴奋的。希望你不久就来看我。你一得到允许，就打电报给我吧。

我多次地拥抱你。

你的　罗莎

天哪,已经有八页了,这次就这样吧。谢谢你的书。

(邱崇仁　傅惟慈　译)

注释

1　罗莎·卢森堡自1915年2月至1916年2月,1916年7月至8月,两度被囚禁在柏林巴尔尼姆街女监中。
2　让·弗朗索瓦·米勒(1814—1875),法国画家,作品多以农民生活为题材。
3　彼叶罗是法国古代哑剧中的主角,脸上涂着白粉。
4　查理·弗朗索瓦·古诺(1818—1893),法国音乐家。
5　安纳克来昂(公元前563?—前478),希腊抒情诗人。

致玛蒂尔德·雅可布

（1917年8月6日）

布累斯劳

我最亲爱的玛蒂尔德：

今天，即星期一我收到您（写于1日和3日）的两封信。为了让您明白，我要说明一下：此前我于1日已经收到您的一张明信片，2日又收到您的一张明信片和玛尔塔的全部信件。我之所以没有写信，是为了等您确认已经收到我的第一封信。现在既然已经得到您的确认，我就可以写信了。——从佛龙克寄来的箱子已于2日运到这里，我当然立即就着手把里面的东西腾出来，到现在已经完全"安置"好了。拥有两个房间乍看上去合乎人情，只是我担心这件事情实际做不到，我还是要被关进一间牢房里。如果可以自由出入，拥有两个房间当然不错，可是我总是受到严格管制，要想到另一个房间去的话，必须先敲门叫来女看守。且不说经常指使人这一点不合我的心愿，实际上这也是不太可能的，因为女看守有好多事情要做，往往根本不在值班岗位。此外，她在1点至4点之间根本就不来这里（午休时间），晚上6点以后又下班走了，而我获准可以到10点才关灯。因此，一切事情都很麻烦。我或者被迫同我的床铺（本来我可在工作间歇息时或觉得不舒服时上去躺一会儿的）、煮咖啡壶和药品分开，或者被迫同写字桌和晚间的灯光分开。这里的情形与佛龙克和巴尔尼姆监狱真是不同，那里只有到夜间才把受到保护性拘留的人关起来，白天则允许他们在院子里自由活动。如前所说，在这种情况下，我怀疑是否有必要住两间牢房，可是我的确也觉得很难把所有的东西都安顿在一个狭小的房间里。当然，我很快就会明白该怎么办了，请您不要为此担心。做事要怎样可行就怎样做。——自星期五以来，我感到胃部疼痛，不过现在觉得病情正在好转。我想胃痛是由于我还吃不惯的本地面包引起的。除此之外，那位妇女为我提供的饭菜是很好的。——获准为我看病的专科医生欧普勒博士写信来说，他正在外出旅行，到8月底回来。在此期间由狱医先生们负责。可是他们一时对我的病情几乎无能为力，因为所有的药物对我的胃都不起作用。不过，您也不要为此担心，毕竟我觉得好些了。

您在信中写到宋娅希望尽快来看我，但没说她是否获得批准。这才是关键所在，在获得许可之前任何喜悦都无从谈起。

您仍然没有写对地址。请您记住：不必用两个信封和付双份邮资，只要写上布累斯劳要塞司令部转罗莎·卢森堡博士就行了。这就足够了。我听说，有人往这里寄明信片时，在地址栏既写上司令部又写上监狱。明信片最终当然能送到，时间却给耽误了。（我还没有取回那张明信片。）然而，要塞司令部的人却非常清楚我住在何处。因此，请您告诉宋娅、玛尔塔等人如何写地址。从梅林那里我收到一封友好的书信，我将很快回复他。

我觉得您对咪咪变得冷淡了！……这让我感到伤感。请相信我，它肯定能感受到这一点，并且接着会变得无精打采、毫无生气。请您跟过去一样关心关心它！

感谢您寄来的绿被子。没有那两幅图片我也住得不错，最好不要寄太多的东西来！我倒是需要随便什么样的轻松的消遣性读物。把书装在信封里或用纸条捆好寄来就行了。玛蒂尔德·乌尔姆曾很快给我寄来一本，但是它不适合我阅读——还有，我的一瓶胶水已经用完了，请您让宋娅给我带来一瓶。

千百次地拥抱您和咪咪！

您的 罗莎

向您可爱的母亲致以最衷心的问候！

（柴方国 译）

致玛蒂尔德·雅可布

（1917年8月11日）

我最亲爱的玛蒂尔德：

我简直无法告诉您，我收到您8日寄来的信后感到多么震惊。

我的咪咪几个月以来染上重病，而我直到现在才知道消息，并且还是偶然知道的，可以说是因为我问到它您才不得不说的！您居然能够这样做，对我隐瞒了我如此关心的事情！我要问您，这哪里谈得上对我的尊重，而不像对待一个未成年的孩子、一个"物件"那样对待我？这跟未经我的同意就提出呈文简直如出一辙！军警出于戒严的原因把我投入监狱关押数年之久，而我的朋友们则还对我实行个人性的戒严，把我当作未成年人对待，以我的名义行事，或者对我隐瞒重要消息。

您曾经是唯一让我觉得可以相信的人，可现在我也无法再相信您了，我感到十分孤独。我觉得是这样。

现在请您直接告诉我咪咪病了。我觉得这就够了！不必写怎么病的及病情如何。可是，关于咪咪"年龄"的这种说法！一年前我被捕的时候，它还年轻、漂亮、健康，状况很好；在圣灵降临节的时候，您还打算把它带到佛龙克来，说明那时它的状况也很好。可忽然间您对我说起它的"年龄"！现在，我请您尽快并详细地说明：（1）咪咪从什么时候起生病的；（2）症状是什么；（3）是否可以看出它的病情正在加剧，从何时看出的；（4）它是否吃东西，吃什么；（5）请哪些兽医给它看过病。——我没有汉斯的提包的钥匙，根据我的回忆，可能就藏在或放在提包里。您把咪咪的情况写得多详细，我就把自己的健康状况写得多详细。

拥抱您，最衷心地问候您的母亲！

您的 罗莎

我一点信纸都没有了。再次感谢您寄来的绿被子。我的信封也快用完了。

（柴方国 译）

致弗兰茨·梅林

（1917年8月11日）

于布累斯劳

在这悲伤的年月里，在那伟大的"国会化"期间，其后，《前进》党报为我发出新的大笑提供了滔滔不绝的源泉。

罗

（胡雅莉 译）

致汉斯·狄芬巴赫

（1917年8月13日）

汉森：

前几天，我给你写了一张问安的明信片，然而我却非常希望能够收到你的长信。我在这里过着十分单调的囚犯生活，也就是说，日日夜夜被锁在监仓里，只能够看到对面的男牢房。当然，只要愿意，我还是尽可以下到院子里散步的。但是，那只是一个为监狱所包围、铺着水泥路面的院子呀，狱中的苦力在里面来来往往，所以我就尽量不去那个地方，即便下去了，也是根据医嘱，为了健康的原因。在"散步"的过程中，我尽量不往别处张望。从各方面来说，从佛龙克出去的坡，都是十分陡峭的。这倒不是什么抱怨，只是想解释一下，最近我为什么没有继续写你已经习惯读到的、以玫瑰的芬芳和蓝天白云织就的佛龙克来信了。不过，快活将终究回到我的身旁，因为我储备的欢快，是取之不尽、用之不竭的。但是，我首先得把身体调整过来。这个任务，眼下完成起来很困难。在过去的十天当中，我的胃犹如翻江倒海，折腾得我在床上躺了整整一个礼拜。即使是现在，我也只能靠做些热敷、喝些清汤活命。胃病的起因不明，也许是对生活条件的普遍下降，作出的神经过敏反应吧。今天，我感觉略微好些，又下去晒了半个钟头的太阳。我想，最坏的时刻，该过去了吧。

院子里有两块苍白无力、像得了痨病似的草地，常常遭到附近晾晒衣服的囚徒的践踏。难怪那里的花草，全都跟受了镇压似的，永远长不茂盛。不过，我已经确定了所有植物的门类。几株矮小的蓍草，正开着花；另有十来棵地丁（就算你不知道它们的学名，也肯定知道它们的模样。它们长得跟蒲公英似的，开黄花，只不过更小一点），正在抽薹拔蕾。这会儿满世界飞舞的菜蝶，喜欢赖在它们的身上。和所有的监狱一样，这里也有几只鸽子。它们虽然来自附近，但在此地也有宾至如归的感觉。每当装卸军粮的时候，它们就会大胆上前，拣食地上的残渣。除了鸽子以外，还有几只麻雀，悄悄地蹿上跳下的。

我正在读米涅[1]和库诺[2]论法国革命的著作。果然是一场永无止境的活剧，充满了许许多多惊心动魄的场面！但是，我总觉得英国的革命更加有力，更加精彩，更加富有创造性，尽管它走的是"勤俭清洁"的清教革命道路。基佐[3]的著作，我已经读了三遍，将来肯定还会读上许多遍的。

我正在努力翻译柯罗连科写的传记[4]，我原本答应月底交稿，但是因为生病的缘故，看来免不了要拖延一些时日了。你觉得这件事情怎么样？

我突然想起，也许你已经给我来过信了，写的是吕贝克博士太太收。但是，这里的人并不知道，那就是我呀！不管怎么说，到目前为止，我还没有收到你的任何东西，并且渴望你的来信。和在佛龙克的时候相比，我在这里像欢迎贵客那样，热烈地欢迎来信。

就此搁笔，再见！

你亲爱的　卢

（郭颐顿　李映芳　译）

注释

1 弗朗索瓦·米涅（1796—1884），罗莎指的是他的《法国革命史：1789—1841》。
2 亨利希·库诺的《法国大革命时期的党团》。
3 弗朗索瓦·基佐（1787—1874），法国历史学家、政治家，以阶级立场的观点著有《英国革命史》。罗莎对英国革命的偏爱，在当时并非典型，左派一般以法国大革命为楷模。
4 即《我的同时代人的故事》。

致玛蒂尔德·雅可布

（1917年8月17日）

我最亲爱的玛蒂尔德：

顺便告诉您一件急事：佛龙克搬运商的明信片！据说箱子还没有送到，萨赫特勒夫人的地址不太合适，那里大概成天都无人在家，这样的话如何把箱子送到呢？……

您从绥登南寄来的友好的书信我已收到，知道您要再次去乡间旅行我非常高兴。我现在惦记着咪咪的病情，急于知道它的近况。那么，您打算去梅克伦堡旅行的事怎么样了，我没有听您再说起这件事。婚礼（我记得）是在8月4日举行的？听说您会有一星期的真正假期，我曾经感到高兴，可现在看来您并没有去成。

您送来的紫露草（绿色攀缓植物）在我这里生长得很好，也很漂亮，成为整个牢房的装饰。我可也在精心养护它啊！每天都给它浇水和喷水。矮小的秋海棠也长得很好。只有须苞石竹尽管有许多花苞，但根本不像要开放的样子。我想，放在房间里的须苞石竹不会长好。

您在绥登南打开从佛龙克送去的箱子时，请查看一下，我是否会把司汤达《红与黑》的第二卷也装进去了。我这里可惜只找到第一卷，另一卷恐怕丢失了。

今天收到宋娅的一封信。她的情绪又变得（或者一直）很低沉。我很希望她来这里！她的来访会让我精神焕发，而且我想对她也会有益。只是这件事情耽搁了太久，很快8月份就会过去，我仍然没有见到来访者！

如果方便的话，请给我寄来一个扁长形的浅底杯子，我好把它放在写字桌上装钢笔和铅笔用，我这里现在没有合适的东西。再寄些水杨酸漱口水来。此外，请把特纳的著作再给我寄来，我指的不是分为六大卷的版本，而是一卷本。

多次拥抱您和咪咪！

您的 罗莎

我亲爱的，非常尊敬的雅可布夫人：[1]

收到您的短信，知道您曾去过我的住处，我感到无比高兴。我内心里是多么想在那里亲自招待您啊！不过，一旦我从这里出去（这还要等些时日），我绝不会错过请您和格雷特欣小姐去我那里做客的荣幸。我想吻您的双手，一是因为您是玛蒂尔德的母亲，二是因为您对我的咪咪那样好，三是因为您本人。

您的忠诚的和心怀感激的
罗莎·卢森堡

（柴方国　译）

注释

1　这是附给玛蒂尔德母亲的信。——译者注

致玛蒂尔德·雅可布

（1917年8月18日）

最亲爱的玛蒂尔德：

就在此刻，收到您15日的来信。您似乎想要我在拷刑台上多待些时间！您一遍又一遍地说咪咪病了，却只字不提她到底怎么啦。真要命！我必须知道她生了哪一种病！她还活着吗？或者她已经死了很久了，而您只是一直在误导我！要真是那样，我不会原谅您的。我要知道真相，全部的真相，马上！

送去吻和问候！

您的罗

5月1日那天，咪咪出了什么事？

（胡雅莉　译）

致玛蒂尔德·雅可布

（1917年8月24日）

布累斯劳

我最亲爱的玛蒂尔德：

今天，即星期五早晨我一下子收到了：（1）您寄来的装有白色衣服、纸张、茶和《阿那克里翁》的包裹，（2）一包书，（3）您写于20日和22日的两封信，（4）宋娅的一封信。我的内心在这以前充满渴望甚至不安，因为自星期六，即18日以来我根本没有收到您的音讯。难道您不能像我这样做：什么时候寄出一封信或者什么时候收到一封信都在台历上记下来？这样做便十分容易弄清是否有信丢失。

关于咪咪我现在不想再说什么了，让我们不要再提这令人悲伤的一节吧。可是您会再次看到，开诚布公地说出全部真相，要比出于错误的谨慎让某人受到数月之久的蒙蔽还要慈悲一些，您到佛龙克来看我的时候，我们在一起的机会很多，假如您那时把这不幸的消息口头告诉我，让我能够了解我所关心的所有细节，我会感到轻松得多！现在我却只知道这个赤裸裸的事实，对细节一无所知，而且觉得在四个月里一点都不让我知道它的不幸结局，这实在有些残忍和冷酷……好了，不提这件事了。我也只好接受您的做法，大多数人在这种情况下跟您的做法完全相同。让它过去吧。

多谢您寄来的物品和书。可是，见您如此沮丧和苦闷，我感到十分难过。宋娅的来信也写得十分伤感。您往常可一直是有生活勇气和发自内心的朝气的呀！请您千万不要向各种压制性的影响屈服。只要有点儿空闲，就要读一些好书，尤其要多到乡间、野外去走走，在那里总能找到一些安慰和生活乐趣。您肯定好久没有去植物园了。您该打定主意去达勒姆[1]游览一番，带上宋娅，然后详细地向我描述那里的现状如何，哪些花正在开放，听到了什么鸟的叫声，等等。您要尽快到那里去，因为现在已是大多数鸣禽在此逗留的最后期限，8月末至9月初它们将重新飞回南方。植物园中栖息着大量鸣禽！鸟类比较多的地方主要是旁门附近，其次是入口处大道的右侧。我在4月的时候曾经带卡尔和宋娅到那里去看夜莺和许多其他种类的鸟，现在我想听您详细介绍生活在那里的所有鸟类。如果您能够腾出时间，当然最好是上午去。话又说回来，拿出几个小时的时间出去走走，会让您在好几天里又感到精神焕发、干劲十足，那么，您就为我去做这件事吧。

我昨天也做过一次"郊游"！也就是说，去了一趟要塞司令部（出于我的要求），因为有些事情要去那里谈一谈。我本来非常盼望这种短暂的外出机会，回来时却同往常一样弄得筋疲力尽。由于我脱离人际交往已久，几分钟后街上的喧闹便让我头昏脑涨。城市看上去也布满灰尘，烦躁不堪，树叶已经大量枯萎了。当然，外出毕竟还是"有所不同"，我在途中还买了少量的鲜花和点心（天哪！）。

宋娅推迟来访的原因在于还没有解决看护的问题，不过，这个问题最终反正还是可以解决的。因此，我希望在8月份就能见到宋娅。至于其他人的来访几乎没有什么障碍。如果宋娅得到了许可，请让她发个电报来。另外，我最近会给她写信。

我又给您寄去80页手稿。目前我正在翻译柯罗连科的小说，特别忙。小汉斯已经收到放在您那里的所有东西了吗，我当然会把写给他的信寄往斯图加特。

至于玛蒂尔德·乌尔姆的问候我会妥善地回复，我将尽快给她写一封详细的信。

请不要给我寄躺椅来。我现在事实上只住在一间牢房里，没有地方摆放这件家具了。不过，如果方便的话，请您给我寄来格特鲁德的画，还有特纳的著作（一卷本，不要六卷本的），带兽角把儿的刀叉。此外，还要请您寄一些黑色的小按扣来，装在信封里寄来就行了。

我会很快再给您写信。我最亲爱的玛蒂尔德，不要气馁，不要失去生活乐趣。一切都会发生变化！要是我们能够在我绥登南的住处重逢、到野外采摘花朵那该多好啊！……不论发生了什么，请您振作起来、愉快一些，好吗？多谢您的母亲寄来的友好的短信。

拥抱您，向您全家致以衷心的问候！

您永远的　罗莎

顺便寄去我从院子里拣到的几根鸽子的羽毛。有一根羽毛的端部呈蓝红色。

（柴方国　译）

注释

1 柏林地名，植物园就在那里。——译者注

致汉斯·狄芬巴赫

（1917年8月27日）

汉森：

今天乌云压顶，煞是恐怖，而且还下着雨，所以我在房间里闷坐了整整一天。刚才，邮差送来了邮件：有好几封信，其中一封是你的。于是，幸福和快乐又回到了我的身边。我们的通讯又顺畅了，这使我感到快慰。顺告，我刚刚把给你写的信寄往斯图加特。不过，我可以把那封信追回来，代之以这一封。

可怜的汉尼斯，我很同情你现在的心境，而且我想听的，也正是你的烦恼。我还以为，你应该搬到斯图加特去，跟你的父亲在一起。如果实在没有别的办法想，那么和老人家同住，至少可以给你带来一些安慰，因为人们往往在老人去世以后，才痛苦地责备自己，以前没有多给他们一点时间。我自己就是那么一个不幸的人。话说回来，我得不断地关心全人类的大事，使得这个世界变得更加美好。我是在柏林得知父亲去世的噩耗的。当时我刚刚从巴黎的国际大会和饶勒斯、密特朗、达津斯基、倍倍尔，和鬼知道谁吵得个天翻地覆回来。在此期间，老先生不能再等待了。也许他对自己说，不管等多久，等了也白等，因为我绝对没有"空闲时间"，来花在他抑或自己的身上。他就这样撒手人寰了。等到我从巴黎赶回家，老先生已经入葬一个礼拜了。现在，当然，我变得更加聪明了。但是，谁不会当事后诸葛亮呀？不管怎么说，如果有可能，就去你父亲那里，给他养老送终。这条建议对我来说，可是牺牲不少：因为你在利萨，从心底里说，离我更近；如果你去斯图加特，我就会产生一种被遗弃的感觉。不过话又说回来，我现在有时间，大把的时间。……而且，慢慢地，邮差又会给我送来你那边的消息的。

汉森，我对罗曼·罗兰[1]，并不感到陌生。无论是在国内还是国外，他都是那么一个怪物，没有因为战争的原因，而堕入尼安得特尔时代的原始心态。关于他写的书，我读过德译本的《约翰·克利斯朵夫在巴黎》。虽然害怕得罪你，但我还是要一如既往地坦诚相告：我觉得那本书很不错，并且予以认同；但是与其说那是一本小说，倒不如说是宣传手册更加恰当，它不是一件正宗的艺术作品。对于这些问题，我是敏感得可爱的。我觉得，哪怕是最华美的辞藻，也替代不了上帝赋予的天才。问题就这么简单。但是，我也很愿意读一点他的其他作品，特别是法语的原著，因为这本身就是一种莫大的享受。也许，在其他的作品中，我可以发现更多的东西。

霍普特曼的《信奉基督的愚人》，你读得怎么样了？开始读了吗？马上去读。在你这种心境下读它，会觉得它是一件真正的宝贝呢。如果读完了，请报告你的感想，不得延误。

在过去的几天中，有无数的土蜂，嗡嗡嗡地飞进我的牢房（我的窗户，自然是日日夜夜都敞开着的）。它们只有一个目的，那就是寻找食物，而我这个人，你知道，又是好客得出了名的。我在小碗里装上各种甜品，它们就蜂拥而至。瞧着这些小动物，每隔几分钟，就满载着新的货物消失在窗外，那个高兴劲儿，就甭提啦。它们朝着一个远方的花园飞去，我从这里只能望见园里的树梢。过了几分钟，它们又从窗外飞回，直奔小碗而去。汉森，这些小眼睛，虽然还没有个针尖儿大，可是它们的方向感是多么的惊人啊，记忆力又是多么的好啊！它们每天都如期而至，过了一夜也没有忘记来这"铁窗饭店"的路线！我每天在佛龙克的花园里散步的时候，常常发现它们在地下的卵石丛中挖掘洞穴和甬道，注意到它们是怎样将泥土搬上地面的。在每一个平方米的地上，都有十几个这样的洞穴，人眼完全区分不出来。然而，每一只远足归来的土蜂，都知道如何直接飞回自己的洞里。

鸟类的迁徙（我现在正在研究），也存在着同样的未解之谜。你知不知道，汉森，大鸟如鹤类，在秋天南迁的时候，背上常常捎带着许多的小鸟，如云雀、燕子、金头鹪鹩什么的?！这可不是什么童话，而是可以用科学的方法观察到的事实。小鸟们就像坐在"公共汽车的座位"上，彼此之间叽叽喳喳地聊个不停！你知不知道，在秋天的大迁徙旅途中，鹞、隼、鸢和其他的猛禽，常常和它们平时捕食的小不点儿鸣禽和平相处？在这样的迁徙途中，鸟类当中实行的，是一种由上帝安排的休战，或者全面停火。读到这样的东西，我不禁欣喜万分，心里充满了生活的快乐，甚至觉得连布累斯劳，也变成了一个可以活命的地方。我不知道它为什么会对我产生这样的影响。也许，它在提醒我，生活的确是一个美丽的童话。而初来乍到，我差不多把这一点给忘了。然而现在，我又有了这个认识。我绝不言弃。盼复。

你亲爱的　卢

附上一封感人肺腑的前线来信。我根本不认识这个写信的人。

尊敬的罗莎·卢森堡女士：

昨天，我斗胆给您寄去了一个重一磅的包裹，如果邮政局长同意，也就是说，如果您能收到食品包裹的话，那么我很想给您寄一包水果或者其他食品。

每当我想起过去或者现在，您的名字和音容笑貌，就会浮现在眼前。早在屠杀开始之前，我就拜读过很多您的文笔优美的好文章，并且有幸多次在会上聆听过您的讲演。您不仅对您的信念始终不渝，而且还因为它们而遭受了许多非人的待遇，特别是在"战争"期间。

就此搁笔，谨祝您身体健康，笑口常开，早日出狱！祝我们的人类发展事业取得圆满的成功！

此致

敬礼！

您的阿达尔伯·奥腾巴赫

（郭颐顿　李映芳　译）

注释

1 罗曼·罗兰（1866—1944），法国作家，和平主义者，与赫尔曼·黑塞过从甚密，反对第一次世界大战。除了《约翰·克利斯朵夫在巴黎》之外，他最著名的作品，也许是《夏天》。罗莎·卢森堡对他的评价，有失偏颇。这个勇敢慷慨的人，现在几乎已经被人遗忘。

致弗兰茨·梅林

（1917年9月8日）

……我殊无诚意地顺着考茨基不倦的笔端无穷无尽的源流走，平心说，他以蜘蛛般的耐心源源吐丝，结成一个又一个"主题"。每件事儿都用小章细目安排得妥妥帖帖，每件事儿都"以历史的观点"来认识和思考；也就是说，肇始于雾蒙蒙的创世纪之初，一直绵延到今时今日。独独在本质上，很不幸，他并不了解所自认为了解的东西。我总想着弗里茨·阿德勒[1]，他最后一次来看我时告诉我，他完全赞同《尤尼乌斯小册子》[2]；我说我以为他接受的是考茨基的观点，这时他答道："怎么可能？考茨基自己都不接受自己的观点。"可是，（菲利普·）沙伊德曼[3]的人依然很快会将他塑造成殉道者，随即让他那光秃秃的荣耀再度大放异彩……

(胡雅莉　译)

注释

1. 弗里德里希·阿德勒（1879—1960），维克多·阿德勒之子，奥地利社会民主党右翼领袖，1911年至1916年任奥地利党委书记。为表示对战争和党内改革的抵制，他于当年行刺奥地利首相，经特别审讯入狱，其后在1918年革命中获释。作为著名的"第二半国际"的精神领袖，1923年，他率队返回第二国际。
2. 1915年，卢森堡、卡·李卜克内西和梅林合写《尤尼乌斯小册子》，揭露和批判军国主义制度。——译者注
3. 菲利普·沙伊德曼（1856—1937），德国社会民主党右翼领袖之一；是他在一次演说中宣布魏玛共和国成立并第一个任职。

致玛蒂尔德·雅可布

（1917年9月13日）

布累斯劳

最亲爱的玛蒂尔德：

今天收到您寄来的装有钟石楠和刺芹的小包裹，我感到非常高兴。同时还收到宋娅的电报，她说下星期初来这里。我已经迫不及待地等待这一天的到来了。您现在也该对我的处境放心一些了。我今天遇到这样一件不幸的事：我在这里细心照料着您寄来的几盆花，其中长得最美的是大而红的秋海棠，它给我带来许多乐趣。可是，今天一阵穿堂风从窗户袭来，打碎了花盆：半数大一点的花枝毁掉了。这让我十分恼火。今天的风很大，我下午都没有出去散步。有空的话请把我的内衣寄来，它就装在从佛龙克送去的箱子里。

多次地拥抱您!

您的　罗莎

或许您可以给我寄点荷兰芹菜籽来,从这里的药店里买不到它。

(柴方国　译)

致玛蒂尔德·雅可布

（1917年9月18日）

亲爱的玛蒂尔德：

我接到要塞总部的通告，说我通信太繁。请一周只写一封来，尽量简短。另外，通知汉斯、克拉拉和露易莎，请他们别再来信，也别再等我去信。今天收到您9日的来信。以后信件再也不用编号了。我已将手稿的另100页寄给您[1]。请勿在信中或别处提及受限一事。问候您。

您的　罗

（胡雅莉　译）

注释

[1] 指卢森堡所译的柯罗连科著作。

致玛蒂尔德·雅可布

（1917年9月28日）

我最亲爱的玛蒂尔德：

　　星期一我收到了截至您的第13号明信片的所有消息。可是，您好像没有收到我于18日寄去的明信片（我在里面写道，请您每星期给我寄一张明信片，不要编号）。从那以后我没有再写信。这里没有什么新鲜事，我在努力工作，只是进展十分缓慢！需要调剂一下的时候我就阅读《阿那克里翁》，很快就要读完了，读完后我把它寄给您；请您也读一读这本书，它肯定会让您感到振奋。您说过很快就要给我寄一个包裹来，那么，我能请您把我的蓝色薄外衣改短7公分后寄来吗？有了这件外衣后，我就可以把冬季衣服再寄回去修补了。昨天我得到了一盆新的花:盛开的寻石楠,但愿它能保持好的长势。紫露草长势良好,倒挂金钟已经第二次开花了!您现在做什么,读些什么书?宋娅在做什么?经过这次旅途颠簸后,她肯定非常疲惫。然而,跟她见面后我感到十分愉快和兴奋!请替我向她表示千百次的问候,也替我问候玛尔塔。

多次地拥抱您,最衷心地问候您的母亲!

您的 罗莎

(柴方国 译)

致露易莎·考茨基

（1917年10月11日）

布累斯劳

最亲爱的露露：

刚得到消息，说汉尼斯[1]阵亡了。我现在无心多写。

你热情的　罗莎

（郭颐顿　李映芳　译）

注释

1　即汉斯·狄芬巴赫。

致玛蒂尔德·雅可布

（1917年11月9日）

我最亲爱的玛蒂尔德！

……我是如此想念您：相信是再会面的时候了。我们从未分开过这么久——4个月了！——这怎么可能呢，我感到非常伤心。我们之间有什么和先前不一样了，我无法接受这样的事实，也不知这变故是怎么产生的。我并不仅仅指我们久未见面这一点，还有，您的来信也似乎游离在别处。真想了解您的心情，像在佛龙克的时候一样感同身受。我多想常常给您写信，这点您确信不疑吧；只是不被允许……

汉琛曾经非常热衷于霍普特曼的《愚人》[1]。……最亲爱的，我想写的要多得多，还想问您许多问题,可我得收尾了。您什么时候来?多次拥抱您,热烈地吻您。

您的罗

(胡雅莉 译)

注释

1 指德国剧作家、诗人盖尔哈特·霍普特曼(1862—1946)及其著名的中长篇小说《信奉基督的愚人:埃曼奴爱儿·昆特》。——译者注

致露易莎·考茨基

（1917年11月15日）

最亲爱的（露易莎）：

便函收悉，万分感谢。对不得不冒昧向你披露噩耗的做法，深表歉意。我也是同样得到那个消息的，我觉得，在这种情形下（就跟碰到大手术时一样），采取直截了当的、不加掩饰的做法，反倒是一种解脱。我自己也无以言表。

我只希望现在能够跟你和汉斯（·考茨基）待在一起。我觉得，我们三人围绕着他织就的友爱氛围，从某种意义上来说，可以使他永生。

我至今无法从这无比的震惊中摆脱出来：这事儿可能吗？好比一句话说到一半，就戛然而止，一根琴弦在演奏之中，就突然崩裂那样，而余音却依然回响在我的耳际。

我们为战争结束之后的生活，制订了千万个计划。我们期待着以前所未有的激情，"享受生活"，旅游，读书，赏春。……我无法理解：这事儿可能吗？就像一朵突然被人掐掉、然后又加以践踏的鲜花。……

最亲爱的，冷静点儿。人应当保持骄傲和含蓄的本色。但是，我们一定要团结得更加紧密，唯有这样，才能够体会到"温暖"。以最诚挚的爱拥抱你和汉斯（·考茨基）。

你的 卢

（郭颐顿 李映芳 译）

致宋娅·李卜克内西

（1917年11月中）

我亲爱的宋尼契嘉，我希望不久就有机会把这封信寄给你，因之我不胜思念地拿起笔来。这已经是多么长久了，我不得不放弃跟你在纸上谈心这个可爱的习惯！我没能写信给你，我必须把允许我写的那寥寥几封信留给等待着我的书简的汉斯·D.[1]。现在这事情已成过去，我最后的两封信已经是写给作古的人了，其中一封已退了回来。实际情况至今我仍不明白。我们还是不去谈这些事情吧，这样的事我情愿自己一个人来解决，如果有人为了"爱惜"我，对一个坏消息准备了一番话，想用自己的感叹来"安慰"我，像N所做的那样，那就会难以言喻地刺伤我。我最亲密的朋友总还是这样不了解我，低估我，他们不了解：在这种情况之下，最好、最聪明的办法就是迅速而直截了当地对我说：他死了——这事使我很生气，算了，不谈了。

……逝去的岁月是多么可惜啊，本来在这些岁月里我们可以不顾世界上发生的一切可怕的事情，在一起度过许多美好的时刻。你知道，宋尼契嘉，这种情况拖延得愈长，每天发生的卑鄙、恐怖的事情愈逾越常规，我也变得愈加镇静，愈加坚强，像人们对待自然灾害、草原风暴、洪水、日食一样，不能用道德标准来衡量它们，只能把它们看作是一个已经存在的事物，看作是一个研究和认识的对象。

这显然是客观上唯一可能的历史必由之路，一个人若是想使自己不迷失主要方向，那么就必须尊重历史。我有这样一种感觉：我们正在跋涉的整个道德的泥潭，我们正生活于其中的疯人院，可能突然之间，譬如说，在今明两天里，好像被魔杖一指，立刻化为一种与之相反的东西，变得惊人的伟大和英勇，而且——假如战争再持续几年的话——必然会发生这种变化……你读一读阿纳托尔·法朗士[2]的《诸神渴了》这本书吧。我之所以把这部作品看得这么伟大，主要是因为它以天才之见给全人类指出：看啊，从这种可怜的人物，这种平凡的琐事中，在适当的历史时机，会产生出巨大的事件和宏伟的壮举。人们在社会演进中也要像在个人生活中一样，必须镇静、豁达、面含微笑地去对待一切。我确信，在战后或者战争结束时一切都会步入正轨,但是很明显,在这以前,我们必须度过一段最险恶的人类苦难时期。

……

顺便告诉你,我的最后两句话唤醒我心中另一幅景象,这是一件真事,我想说给你听,因为我觉得它是这样富于诗意,这样感人至深。最近我在一本科学书中读到关于候鸟南迁的事,直到目前为止,这一直被人视作一种相当神秘的现象,因为在候鸟南迁时,据人观察,一向如死敌般相互残杀的品种各异的鸟类,竟会和衷共济地漂洋越海共同完成它们到南国去的伟大的航程。一到冬天,庞大无比的鸟群就飞向埃及去,它们像乌云似的在高空中飞翔,晴空为之黯然失色。在这庞杂的鸟群中,有肉食的鸷鸟、苍鹰、鹰隼、鸥鸦,也有成千上万只小鸣禽,如云雀、金莺、夜莺等,如果在别的场合,它们是要被那些鸷鸟吞噬的,如今却置身于鸷鸟群中,一点儿也不害怕。在旅途中,好像冥冥中有一位大神在操持一切,所有的飞禽都向着一个共同的目标奋飞,到了尼罗河畔,它们精疲力竭半死不活地僵落在地上,然后依着类属、血缘重新簇聚在一起。不仅如此,有人还观察到,在飞越那"浩渺的巨潭"时,巨禽的背上背负着许多小鸟,有人就看见过成群结队的鹤这样飞过去,小候鸟栖息在它们的背上兴致勃勃地唱个不停!这不是非常动人吗?……我最近在一部原是索然无味、杂乱无章的诗集中发现雨果·冯·霍夫曼斯泰尔[3]的一首诗[4]。我本来不喜欢这位诗人，认为他矫揉造作、语言晦涩，简直不能理解。但是这首诗我却非常喜爱，而且在我心中形成一个极其富有诗意的印象。我随信把这首诗寄上，也许它会使你感到快乐。

我现在正埋头在地质学里面。你或许觉得地质学是一门枯燥的科学，但这是一个误会。我阅读地质学时感到无限的兴味和衷心的满足，它大大地扩大了我的精神视界，使我对大自然获得一个如此统一的、无所不包的概念，这是别的科学所不能做到的。在这方面，我想告诉你的事多得很，但是我们必须面谈才行，或者是在某一天上午，在绥登南的田野里漫步的时候，或者是在一个静静的月夜，你送我回家，我又送你回去的几度往返途中。你在读什么呢？莱辛[5]的传奇念得如何了？你的事我什么都要知道！要是可以的话，你就通过这条途径立刻给我写信吧，否则至少也要通过官方的路写信给我，那时就别提到这一封信了。我私下已在计算再过几个星期能在这里看到你。这时候恐怕新年才过了不久，不是吗？

卡尔写信说什么？你什么时候能再看到他！替我多多向他问候。我拥抱你，紧紧地和你握手，我亲爱的、亲爱的宋尼契嘉！快点写信来，写多些。

你的　罗莎

（邱崇仁　傅惟慈　译）

注释

1 即汉斯·狄芬巴赫。
2 阿纳托尔·法朗士（1844—1924），法国小说家，他在自己的作品中以尖锐的笔调揭穿了资本主义社会的虚伪和腐败，对工人阶级和社会革命怀着极大的同情。
3 雨果·冯·霍夫曼斯泰尔（1878—1929），奥地利诗人。
4 该诗指雨果·冯·霍夫曼斯泰尔的《天明之前》。
5 莱辛（1729—1781），德国诗人、思想家、文艺批评家，启蒙时代革命民主派的领袖。

在汉斯·狄芬巴赫牺牲后致汉斯姐姐葛丽特

（1917年）

我亲爱的缪勒夫人：

多谢您的通知。假如，在如此的痛苦中还有任何可堪抚慰的，那就是您的话语。我们想到一块儿了。早在收到您的来信之前，我已决定，一旦被释，我要到斯图加特去见汉斯的姐姐。我现在觉得，自己好像需要去世间的某个所在，去找寻，去收集他留存于世的印迹——除了您，我上哪儿找到更好的所在？汉斯多次向我讲述，他年少时对您的深深的手足之情，以及你们共度的威尼斯之旅。没有人比我更清楚您失去了什么；因为我想几乎没有人更了解他了。

您说得对；汉斯内心的高贵、纯洁、善良，

胜于我所知道的任何人。于我，这绝非通常必得对死者表达的颂辞。我只在最近，在最末一次狱中，给他写信——因一位我们共同的朋友的特殊事情——汉斯，他的思想是如此令人安慰、令人平静，他绝不可能做任何不光彩的事，即便在无人察觉时，即便在他内心最隐秘的角落。任何卑劣的东西都有悖于他的性格，仿佛他是由人类最纯净、最优良的材质所制成。他的弱点——这他当然也有——是那种小孩儿式的，怀着内心的恐惧，尚未准备好去应对真实的人生，应对争斗，以及其中所有不可回避的残酷。我总怕他一直懵懂于生活，而遭到生活的暴风雨的摧残；我考虑过，尽我所能，温和地施压，让他多少在现实中掌控自己。现在一切都消逝了。

与此同时，我失去了最亲爱的朋友，没有人像他那样，对我所有的情绪和感觉都深深理解并感同身受。音乐，绘画，正如文学，是他的生命之泉，也是我的。我们有共同的信仰，共同的发现。

此刻，为着放松，我正读着默里克写给未婚妻的信。习惯地，每到动人的篇章，我便想道："得叫汉斯留意这一段！"我无法习惯这样的想法：他已经消逝了，不留一点痕迹……

罗·卢

热烈地紧握您的手。

（胡雅莉　译）

致露易莎·考茨基

（1917年11月24日）

布累斯劳

最亲爱的露露：

……你为那些俄国人感到欣喜若狂吗？当然，他们不可能在这个魔鬼的聚会中坚持多久。但是，这并不是因为统计数字显示，俄国的经济发展落后（就像你那位聪明的先生计算的那样），而是因为西方的社会民主运动人士里面，不乏可怜的鼠辈。他们眼睁睁地呆在一边，看着俄国人流血牺牲。但是，这种牺牲，比起"为祖国而活"，要强上百倍。这种牺牲，具有开创世界历史的意义。英雄的事迹，将流芳万世。对今后的几年，我有很多宏伟的展望，但是我最真切的希望，是能够从铁窗外面来欣赏历史。

最亲爱的,要冷静,要坚强。无论怎样的暴风雨,请你从容面对。期盼早复。拥抱你。

你的 卢

(郭颐顿 李映芳 译)

致宋娅·李卜克内西

（1917年11月24日）

寄自布累斯劳

……你认为我一开始就不赞成现代的诗人，这是不对的。大约十五年前，我曾经兴高采烈地读过戴默尔[1]的作品——不晓得是他的哪一本散文集子，我仿佛记得是写一个情妇临终时的情形——曾经使我入了迷。阿尔诺·霍尔茨[2]的《幻异集》我直到如今还能背诵。约翰内斯·史拉夫[3]的《春天》也曾一度使我神往。可是后来我就抛开这些人回到歌德和默里克那儿去了。霍夫曼斯泰尔我不了解，盖奥尔格[4]的作品我也没读过。这是事实：这些作家对于形式以及诗的表达方法固然已掌握得很纯熟，到了得心应手的地步，但同时却缺少一种伟大高尚的宇宙观，这就使我对他们望而却步。在我心灵中,我觉得这种形式和世界观的分割使得作品非常空洞,因此这种美丽的外形对我只是一种丑态而已。这些作家常常能制造非常优美的情调,但是光只有情调绝不能产生真实的人。

宋尼契嘉,这里的夜晚真是美妙异常,就如同在春季里似的。4点钟我走到院子里去,天色已经朦朦胧胧,但见四周可憎的景象都已笼罩在神秘、黑暗的薄暮中,蔚蓝色的天空却在闪光,一轮皎洁的银月浮现在空中。每天这个时候,总有成百上千只乌鸦结成稀疏、宽阔的队伍,高高地横飞过庭院,向着田野,飞到它们栖息的树上去过夜。它们徐徐地鼓动羽翼,时而互相呼应吐出几声奇异的鸣叫——这种叫声跟它们白天猎逐食物时的那种贪婪的、刺耳的"呱呱"声迥然不同。现在它们的声音是沉抑、柔婉的,是一种低沉的喉音,我听着就好像乌鸦吐出一粒金属的小弹丸似的。许许多多乌鸦一个接着一个地从喉咙里吐出这种"咯咯"声时,我觉得仿佛它们在彼此戏掷许多金属小弹丸,这些小弹子在空中飞舞着,划出一条条的弧线。它们的确是在交谈"白天的经历,当日的见闻"。

每天黄昏,在它们依循旧习,飞过这条必经之路的时候,我觉得它们是这样严肃持重,我不由得对这些大鸟怀有几分敬意,我仰起头来目送它们,直到最后一只鸟从空中掠过。然后我在黑暗中徘徊,看那些犯人在院子里匆忙地工作,他们像一些模糊不清的影子在往来走动，我很高兴，我自己不为人所看见——独自一个人自由自在地做我的幻梦或者偷偷地和头顶上的鸦群打招呼，在这种像春天一样的熏风里我真舒畅极了。再过一会儿，犯人们拿着沉重的锅子（晚餐汤！），两人一排，前后总共十对，整队穿过庭院走进屋子里去；我跟在最后面；院子里，管理处的灯光逐渐熄灭了，我走进屋子，门被上了两道锁，加了两道闩——一天算是完了。我的情绪很好，虽然汉斯的事使我很痛苦。我仿佛活在一个梦幻的世界里，在那个世界里，他并没有死去。对我而言，他仍然活着，当我想到他时，我常常对他微笑。

宋尼契嘉，再谈吧。我为你即将来看我而高兴。赶快再给我写信，暂时可以通过官方寄来——现在也可以这样做——以后再相机行事。

我拥抱你。

你的　罗莎

（邱崇仁　傅惟慈　译）

注释

1　里夏德·戴默尔（1823—1920），德国诗人，思想受尼采的影响极深。
2　阿尔诺·霍尔茨（1863—1929），德国作家。
3　约翰内斯·史拉夫（1862—？），德国诗人。
4　盖奥尔格（1868—1933），德国诗人。

致宋娅·李卜克内西

（1917年12月中）

寄自布累斯劳

……卡尔在鲁考监狱里现在已经有一年了。这个月里我常常想到这件事：整整一年之前，你在佛龙克我那儿，还有你送我的那株美丽的圣诞树……今年我在这里让人给我弄了一棵来，可是他们给我拿来的却是一棵枝残叶秃的东西——简直无法同去年的相比。我不知道该怎样把我买的那八盏小灯挂上去。这已是我在牢狱中度过的第三个圣诞节了，但是你切莫为这事悲伤。我现在非常平静、愉快，一如往日。昨天我躺在床上，长久不能入睡——如今我不到1点钟无论如何也睡不着，但是10点钟就必须上床——于是我在黑暗中冥想种种事情。昨天我想：这真奇怪，为什么我会毫无缘由地一直生活在陶然自得的境界里。譬如说，我现在在一间黑暗的牢房里，正躺在像石头一样硬的褥垫上，屋里一种墓地里惯有的那种死寂笼罩着我，我觉得自己好像在坟墓里一样，天花板上映着一小块从窗子里透进来的灯光，这盏灯在监狱里边通宵点燃着。偶尔可以听见远处一列疾驰而过的火车发出的低沉的隆隆声，或者近在窗下，听见狱卒的干咳声，他穿着笨重的靴子慢吞吞地挪动几步，使他僵直的腿稍稍活动一下。沙砾在他脚下那么绝望地吱吱作响，好像人生的凄凉和无望全部随着这声音传播到潮湿、昏暗的黑夜里去了。我一个人静静地躺着，身子像是被冬天的黑暗、烦闷和束缚人的黑布层层缠裹住——但是我的心却由于一种无从捉摸的、奇怪的内在的喜悦而怦怦地跳动着，就好像我在灿烂的阳光中走过一片绚烂的草地一样。在黑暗里我向生活微笑，仿佛我已得知一个魔法的秘密，这秘密能制裁一切邪恶和令人沮丧的谎言，并能把这一切完全化为光明和幸福。同时我自己也在寻找这种喜悦的根源，我什么也寻不着，只好再自嘲了一通。我相信，这秘密不是什么别的，它正是生活本身：漆黑的夜幕美丽、柔软得像天鹅绒，只要你能正确地看待它。在狱卒沉重、迟缓的步履下，潮湿的沙砾所发出的吱吱声也像在低唱一首短小悦耳的生活之歌，只要你懂得如何去听。在此时此刻，我就想到你，真想把这把有魔法的钥匙告诉你，让你也能够时时刻刻，无论在什么情况下都能把握住生活的美妙和奇趣，让你也能够生活在陶然自得的境界里，犹如行经一片五彩缤纷的草地。我并不是想以苦行主义和虚幻的欢乐来哄骗你。我给予你的是一切现实的能感觉到的快乐。此外我还想把我内心无限的欢畅给予你，让你可以披着一件绣满灿烂繁星的外衣通过人生，这件外衣会保护你，使你不受一切细屑烦琐的杂事和一切烦恼的侵扰，这样我对你也就可以放心了。

你曾在施台克立兹公园采集了一束美丽的黑色和玫瑰紫色的莓子。长黑莓子的，看起来不是接骨木，就是女贞，后者可能性也许更大些——接骨木结的莓子像累累的葡萄串沉甸甸地挂在巨大的、羽状的扇叶中间，这种树无疑你是知道的；女贞上的莓子串则是长圆锥形的，长得笔直，很可爱，叶子是狭长、葱绿色的。那种玫瑰紫色、藏在小叶子底下的莓子可能是矮山楂树上结的；它们虽然原本是红色，但是如今季节迟暮，它们已经熟透，有些霉烂了。因此它们常带着玫瑰紫色；叶子很像桃金娘的，纤小，顶端尖尖的，叶面深绿色，细腻得像皮革，叶背有些粗糙。

宋儒莎，你知道不知道普拉滕[1]著的《不祥的叉子》？你能把它寄来或者带来吗？卡尔有一次曾提及，他在家里念过这本书。盖奥尔格的诗很美？现在我知道过去我们在田野里散步时你常低吟的那句诗"在微红的谷粒的窸窣声里……"的出处了。你要是有机会，能不能把那首新《阿玛狄斯》抄给我，我非常喜欢这首诗——这当然要感谢雨果·沃尔夫谱的曲——但是我这儿没有。你还继续念莱辛的传奇吗？我又拿起朗格[2]的唯物论史来读了，这本书永远能使我精神奋发，头脑清醒。我真希望你也能读一遍。

啊，宋尼契嘉，我这里遇上一件极端痛心的事：在我散步的院子里，常常从军队里赶来一些马车，车上满载着布袋或者旧军服、内衣什么的，衣服上时常有斑斑的血迹……这些东西都要在这里卸下来，分配到牢房里，由犯人补缀好，再装车运回军队里去。最近来了这样一辆车，驾车的不是马而是水牛。这是我第一次在近跟前看见这种牲口。这种水牛比我们这里的牛更有气力，体格更健壮，它们的头是扁平的，角是平着往后弯的，头盖骨却和我们这里的绵羊相似，一抹乌黑，长着两只柔顺的大眼睛。这种牛产自罗马尼亚，是战利品……据赶车的兵士说，捕捉这种野兽很费力，但是更困难的是使这种过惯了自由生活的动物就范，利用它们驾车载重。要让它们懂得"嗯——吁"的吆喝声，先得把它们鞭打得头破血流……在布累斯劳一地，据说这种牛就有上百头；此外它们业已享受惯了罗马尼亚草原肥美的牧草，到这里却只能得到一点点微不足道的草料。这些牲畜被毫无怜惜地役使着，用来拖曳各种各样的货车，这样很快地就死掉了。——几天前赶来了这么一辆满载布袋的货车，车上的东西叠得这样高，以致这些水牛在进门时拉不过门槛来。赶车的兵士是一个残忍的家伙，开始用鞭杆粗大的一头没头没脑地鞭挞起它们来，他打得那么凶，连女管监的也愤愤地责问他，他对这些畜生究竟有没有一点怜悯之心。"对我们这些人谁又怜悯过！"那个士兵狞笑一声回答说，一面更凶狠地鞭打着……这些动物最后还是拖动了，走过这个难关，但是其中有一只血已经殷殷渗出……宋尼契嘉，俗语说，牛皮是厚而且坚韧的，如今也居然给打破了。卸货的时候，这些动物一动不动地站在那里，已经筋疲力尽了，其中那只淌血的，茫然朝前望着，它乌黑的嘴脸和柔顺的黑眼睛里流露出的一副神情，就好像是一个眼泪汪汪的孩子一样。那简直就是这样一个孩子的神情，这孩子被痛责了一顿，却不知道到底为了什么，不知道如何才逃得脱这种痛楚和横暴……我站在它前面，那牲口望着我，我的眼泪不觉簌簌地落下来——这也是它的眼泪啊，就是一个人为他最亲爱的兄弟而悲痛，也不会比我无能为力地目睹这种默默的受难更为痛心了。那罗马尼亚的广阔肥美的绿色草原已经失落在远方，再也回不去了！那里阳光普照，微风轻拂，和这里多么不同啊！那里鸟儿清脆地鸣啭，牧人富有旋律的呼哨声也和这里多么不同啊！可是在这里——这个陌生的恐怖的城市，这阴郁的厩舍，这些掺杂着烂稻草的、令人作呕的腐朽的草料，这些陌生的、可怕的人们，以及这毒打，这从新的创伤淌淌流出的鲜血……

啊，我的可怜的水牛啊，我的可怜的、亲爱的兄弟，我们两个在这里都是那样软弱无力、迟钝麻木，在痛苦、无力和满怀憧憬这点上我们是相同的。——犯人们在车子周围忙得团团转，把沉重的包裹卸下来，拖进屋子去，这时候那个士兵却两手插在裤袋里，迈着大步在院子里溜达，笑嘻嘻地从嘴里轻声吹着一支流行歌曲。这一场威武的战争就这样在我眼前消逝了……

快点给我写信，我拥抱你，宋尼契嘉。

你的　罗莎

宋儒莎，最亲爱的，不管一切如何，你仍然要镇静和愉快。生活就是这样，我们也就必须这样对待生活，要勇敢、无畏、含着笑容地——不管一切如何。

（邱崇仁　傅惟慈　译）

注释

1 奥古斯特·格拉夫·冯·普拉滕（1796—1835），德国诗人。
2 弗里德里希·阿尔贝特·朗格（1828—1875），德国哲学家。

致玛尔塔·罗森鲍姆

（1917年12月11日后）

布累斯劳

最亲爱的玛尔塔：

感谢你寄来的热情洋溢的卡片。你的探监，对我来说，也是一种身心的享受，至今难以忘怀。从你身上辐射出来的爱和善，对任何一个人来说，都是温暖无比的。这次，一切都比我想象的要好，也更有"人道主义"。我原来还担心情况会很坏呢。希望你下次再来，条件会更加好转。我的生活依旧。每当我在丑陋的监狱院子里散步的时候，就强烈地梦想美好的东西，以至于无须注意周围的环境。剩余的时间，我在牢房里平心静气地读书写作。整整一周以来，我的心系着彼得堡。每天晨昏，我的手就急不可耐地去抢新来的报纸。然而不幸的是，报上的消息，不仅寥若晨星，而且还颠倒黑白。持久的成功，虽然没有可能；但是无论如何，夺权的开始，已经给了我们的社会民主党和整个昏睡的国际劈头一拳！除了用统计数据来证明，俄国的社会条件还不成熟，不能实行无产阶级专政以外，考茨基显然狗屁不懂！好一个独立社会党的尊贵"理论家"！他居然忘了，从统计数字上来说，在1789年至1793年的法国，资产阶级夺权的条件更不成熟。……幸运的是，历史不是按照考茨基的理论推断来发展的。所以，我们要怀抱最好的希望。……

你的 卢

（郭颐顿 李映芳 译）

致伊曼纽尔与玛蒂尔德·乌尔姆夫妇

[明信片邮戳]（1917年12月17日）

于布累斯劳

最亲爱的蒂尔德！

收到了你的卡片，得知那令人悲痛的消息，斯塔特哈根逝世了。我现在耐心地期望着你能用这次许可时间来看我。你丈夫如此消沉，使我非常忧伤。亚瑟（·斯塔特哈根）的逝世也使我深受打击。尽管如此，那种流行的悲观主义是完全不合时宜的。

别让它击垮你，扬起头来。通过黑透镜是看不清事物，看不清生活的。所以好好打起精神，勇敢地直面未来。同时送上我深挚的问候。

你们的 罗

（胡雅莉 译）

致弗兰茨·梅林

（1917年12月30日）

于布累斯劳

多好啊，你们的《马克思传》就要出版了[1]——一束光芒，在这悲伤的年代里。希望这本书会激励许许多多的人。它让人缅怀那曾经美好的岁月，那时候，谁也用不着因身为德国社会民主党一员而感到羞耻。

（胡雅莉　译）

注释

1 卢森堡负责关于马克思《资本论》第一、二卷的部分。

致伊曼纽尔与玛蒂尔德·乌尔姆夫妇

（1918年1月）

于布累斯劳

蒂尔琛！

我只想就蒲鲁东[1]作一点儿说明，因为很不幸，昨天太不舒服了，根本讲不出话。再说，我也不能给你完整的讲稿，这在旁观者看来或许会显得可疑。

好了，你在米尔柏格的书中可以查到蒲鲁东生平和著作年表。必要的话不妨查查狄尔的书（要么德意志国会图书馆，要么皇家图书馆里，一定能找到他的蒲氏三卷本）。

有这么三个方面可以用在你的讲稿中：（1）"直接交换"理论，这是蒲鲁东理论及实践系统的核心；简而言之，废除货币而保留商品生产。就是说，蒲鲁东相信，正是货币的使用掩盖了工人和资本家之间交易（劳动力交换工资）的"不公"：只需引进这一主张，让商品交换直接以劳动时间为依据，这样其中内含的剥削就再无可能了。自然啦，彻头彻尾的乌托邦思想。

依蒲鲁东的观点：对无产阶级的剥削并不止于生产工具的资本私有化，更在于工资付酬的欺诈；货币的使用使之成为可能的欺诈。因此，他引进简单票据查核每件商品所含的劳动时间；一单平衡的交易必将导向整体的经济平衡。

他全然忘了，无产阶级并不向资产阶级出售商品，而是出卖其自身唯一的商品——劳动力。结果，剥削依旧，尤其当劳动力报酬以其价值和生存费用为依据时。这个乌托邦最致命、最反动之处在于，它将劳动者的注意力吸引到经济欺诈上，使他们从政治斗争，从夺取国家权力的斗争中背过身去。这被视为失望于法国大革命中纯政治斗争的众多反动之一。

顺便说一下，别忘了，这一理论并非肇始于蒲鲁东，早在二三十年代，英国的欧文就已经提出了这种设想（参《哲学的贫困》恩格斯序）。蒲鲁东不过是阐述该理论的最亮眼的一位。

（2）二月革命中该理论的实践：建立"交换银行"的尝试，及其很快自然而然的破产。蒲鲁东理论加上路易·勃朗[2]的"劳动组织"，构成1848年革命的主流。与这两类乌托邦经济试验相对立的布朗基派[3]，是唯一一个真正的革命无产阶级组织,它直接以二月革命时的社会革命和夺取政权为导向。

顺便一提,"交换银行"也在英国试验过,我想大概是1936年在曼彻斯特。自然,几个月内它也告破产了。

(3)虽说蒲鲁东的理论完全站不住脚,加上1858年经济危机爆发,但直至19世纪六七十年代,蒲鲁东对法国以至整个拉丁国家劳工运动一直影响深远。在第一国际,马克思不得不首先对抗以托伦(后来成为叛徒、议员)为首的蒲鲁东主义。这你大概得再查查耶克的《第一国际史》。蒲鲁东的理论显然比他本人影响更大,直至19世纪80年代,随着公社的坍毁,法国劳工运动的新基石——马克思主义登堂入室,才将蒲鲁东理论推向后台。

尽管如此,别忘了,蒲鲁东最重要、最直接的影响并不在于他那套商品交换和货币的错误理论之幽微处,而在于他将劳工运动的注意力从夺取国家政权的斗争,导向纯粹的经济补救。尽管如此——再说一遍——别忘了,历史的评价:蒲鲁东,和路易·勃朗以及所有经济派别一样,是失望于法国大革命及雅各宾派统治的一种可以理解的反动。直到马克思主义,才第一次建立了政治、经济间的正确关系(带来了我们今天所见证的光荣战绩……)。[4]

(陶媛 译)

注释

1 比埃尔·约瑟夫·蒲鲁东（1809—1865），法国乌托邦社会主义领袖，无政府主义的创始人之一。其最著名的作品为《贫困的哲学》，就此马克思著《哲学的贫困》对其进行批驳。
2 路易·勃朗（1811—1882），法国社会主义者，1848年参加法国大革命，其后反对巴黎公社的创立。
3 奥古斯特·路易·布朗基（1805—1881），在狱多年的法国革命者，探索通过政治叛变促成革命的道路，曾参加1830年和1848年革命。
4 结尾颇具讽刺意味。卢森堡认为，正是党向工会运动的倾斜，对其开展更为革命的行动造成了阻碍。

致宋娅·李卜克内西

（1918年1月14日）

寄自布累斯劳

我最亲爱的宋尼契嘉，我多久没给你写信了！我相信已经有几个月之久了。直到今天我仍然一点也不知道你是否已经到了柏林，但是我却希望，这几行字能在你过生日的时候及时到达你的手里。我本来请玛蒂尔德替我送给你一束兰花，可是这个可怜人现在却正躺在病院里，多半不能办理我托付她的事了。但是你知道，在思想上我的心都是完全跟你在一起的，我要在你生日那天用花朵完全把你包围起来——用淡紫色的兰花，用洁白的鸢尾花，用芳香扑鼻的风信子，用一切我能得到的花。至少明年这一天我也许可以亲自把花带给你，跟你一起在植物园里，在田野里散步。这该是一件多么令人神往的事啊！今天我们这里是零度。但空气里却有这样一种温和而清新的春天的气息，头顶上厚厚的乳白色的浮云之间闪耀着深远的蓝天，麻雀也叫得这么欢跃，使人以为现在也许已是3月末了。我早已为春天即将来临而欢乐了，春天是人生一世唯一不会厌倦的东西，非但如此，随着岁月的增长，人们就更懂得珍重它、爱惜它。你知道吗，宋尼契嘉，在生物界春天现在已经开始了，这就是说，用不着等待日历上的春天到来，1月初生命就开始苏醒了。因为根据日历，冬季才刚莅临，我们就处在离天文上的近日点最近的地方，这对于一切生命起了一种极其神秘的作用，甚至于也影响到我们这个尚在冰雪包围中的北半球；在1月初，动物界和植物界就好像被魔杖从梦中唤醒了似的。草木开始吐芽，许多动物也开始繁殖起来。最近我读了弗朗塞的著作，根据他的调查，著名人物的科学和文学杰作都是在一、二月间问世的。这样说来，圣诞节后的一至两点在人类生活中也应该是一个重要的时机，它会使全部生命力重新高涨起来。你啊，宋尼契嘉，你也是一支在冰天雪地里吐芽的早开的花朵，因之它一生凄凄凉凉，感到不能和生活适应，需要放在暖房里得到细心的培植。

你在圣诞节寄来的《罗亭》[1]给予我莫大的喜悦，要是玛蒂尔德不告诉我你在法兰克福，我本来会立即向你表示谢意。特别引起我共鸣的是罗亭的崇拜自然的思想，他对田野中每一棵小草的尊敬。他坦率、纯真、洋溢着内心的温暖和智慧,一定是一个和蔼可亲的人物;他使我立刻想起饶勒斯[2]。你喜欢不喜欢我的布鲁德库林斯?也许你早已读过这本书了吧?这本书很使我感动,尤其是书中风景的描绘饶有诗意。布鲁德库林斯跟特·古士德[3]一样,他显然觉得,法兰德土地上的日出和日落都要比别的地方绚烂得多。我发现所有的法兰德人都偏爱他们的乡土,他们并不把它当作一块美丽的土地,而是把它当作一个容光焕发的年轻的新娘来描写。就是在那阴郁、悲剧性的结尾,我也发现一种和《梯尔·乌兰斯匹格尔》中的壮丽的画面相似的色彩,那座公共建筑物遭到破坏即是一例。不知道你发觉这一点没有,这些书在色彩上令人想到伦勃朗[4]的绘画:整个画面上的糅杂着古金色的深暗,对一切细节的令人赞叹不已的现实主义描写,以及这全部的总和使人有如入仙境之感。

在《柏林日报》上我读到弗烈得利希博物馆陈列出提香[5]的一幅巨画的消息。你去参观过了吗?我承认我本来不喜欢提香,我觉得他过于工整、冷峻,也太讲究技巧——要是你认为这是一个莫大的亵渎的话,请你原谅我,我却别无他法,只能依从我自己的直觉。尽管如此,假如现在我能走进弗烈得利希博物馆,鉴赏一下这位新到的客人,我该是多么幸福啊。你也看见那曾经引起轩然大波的考夫曼[6]的遗稿了吧?

现在我阅读的是六七十年代几篇比较老的研究莎士比亚

的论文，那个时期德国正热衷于莎士比亚问题的辩论。下列几本书——克莱恩的意大利戏剧史、沙克的西班牙戏剧文学史、格尔文努斯和乌尔利希论莎士比亚的著作——你能不能替我从皇家图书馆或者国立图书馆借来？你自己对莎士比亚有什么看法？赶快给我写信！我拥抱你并热烈地和你握手。祝你依然安宁、快乐。最亲爱的宋尼契嘉，再见！

你要什么时候来呢？

宋儒莎，你能否替我做一件事：替我把风信子花送给玛蒂尔德·J.[7]。你到我这里来时，我会把花交给你的。

你的　罗莎

（邱崇仁　傅惟慈　译）

注释

1　屠格涅夫的一部小说。
2　让·饶勒斯（1859—1914），法国政治家，和平主义者，第一次世界大战前夕为沙文主义者所暗杀。
3　特·古士德（1827—1879），比利时作家，他所著的《梯尔·乌兰斯匹格尔》是一部描写法兰德人民反抗西班牙皇帝压迫的英勇斗争的散文史诗。
4　伦勃朗（1606—1669），荷兰画家。
5　提香（1490—1576），威尼斯画家。
6　大概是指德国画家赫尔曼·考夫曼（1808—1889），他的作品多以风景和农民的生活为题材。
7　当指玛蒂尔德·雅可布，罗莎·卢森堡的秘书。

致玛尔塔·罗森鲍姆

（1918年2月）

布累斯劳

最亲爱的玛尔塔：

问候收悉。但我希望——如果K先生允许，下次能够得到你的亲吻。在你的信中，忧郁之情，溢于言表！不管发生什么事情，一个人都不应悲观失望，而应笑傲世界。到时候，历史自有说法，自然会扫净这一切。那是肯定的，无须担心。历史总是知道该如何理顺它自己的事情。历史的车轮，碾碎过多少挡道的粪土？这一次也不例外。绝望的现象出现得越多，历史的清扫就越彻底。所以，无论发生什么事情，你都要昂起头颅，振作精神。

玛尔塔，我有一个要求：你一定要尽力帮助

宋娅(·李卜克内西)。她需要温暖、爱怜、陪伴和关爱。把你对我的爱,分一点给宋娅吧。如果有可能,要特别记得庆贺她的生日。她像一个孩子,非常敏感。多请她来家坐坐,跟她一起散散步(这对你也有好处)。但是,你还是得爱我!热烈地拥抱你,并向你和你的家人问候。

你的 卢

(郭颐顿 李映芳 译)

致弗兰茨·梅林

（1918年3月8日）

……简直没法告诉您我是多么难过，看到您最后这封信，得知您这可怕的事故。通常我还能忍受我这苦役——都四个年头了——怀着小羊羔的耐性。可是这一次，这消息给我如此的重创，使我陷入疯狂的焦躁和烧灼的渴望之中，一心想马上离开，赶到柏林，亲眼看看您的感受，握着您的手，和您聊一聊。但我做不到，但我得守在这阴郁的牢房里像只上了锁链的狗，永远对着这边的男子监狱，那边的疯人院，我要发狂了……尽管如此，我坚信，明年我们终将聚在您身边，为您庆祝生日。不能想象战争会挨过明年，所以——我期待着历史的逻辑最终冲破所有这些混沌，开辟一条伟大的新路。我深信，您会同我们大家一起，呼吸着比现在更纯净的空气……

（胡雅莉　译）

致宋娅·李卜克内西

（1918年3月24日）

寄自布累斯劳

我亲爱的宋尼契嘉，我有多久没有给你写信了，可是这期间我又是多么想念你啊！当前的"情况"甚至有时把我写信的兴致也夺去了……要是现在我们能在一起，在田野里漫步，天南地北地闲谈，这真是一桩快事，可惜眼前却毫无希望可言。在把我的顽劣和怙恶不悛痛加谴责了一顿后，我的申诉书被批驳回来了，我的另一份要求至少短期开释的申请书也遭到同样的命运。恐怕我只有等待着咱们战胜全世界的那一天了。

宋儒莎，如果我有较长一段时间得不到你的消息，我就有这样一种感觉，仿佛你像风中的一片落叶，孤独、烦闷、苦恼、绝望地飘来荡去，这使我非常痛苦。你看，现在又是春天了，白昼已经变得这么明朗，这么长，田野里一定已经有无数东西可以看可以听了！你多到外面去走走吧，现在天空中驰骋着飘忽不定的浮云，它显得多么奇妙，多么变幻无穷，那依然赤裸着的含有石灰质的土地，在这变化无常的异彩照耀下，一定也美丽得出奇。你替我把这一切尽兴地看个够吧……这在生活中唯一不会使人感到厌倦的东西，它永远具有始终如一的新颖的魅力，永远对人忠实。你也无论如何要为我到植物园去走一趟，好详细地向我作一番报道。因为今年春天发生了一件稀奇的事。鸟儿都比往常早来了一个月到一个半月。夜莺早在3月10日就到了这里，鸫鸦一向是4月底才来的，这次在15日就叫开了，甚至那5月以前绝不会来的被称作"圣灵降临节鸟"的金莺儿，一星期以来，也天天在日出前黎明的时候就鸣啭个不停！我从远处倾听那些鸟雀在精神病院的园子里喧鸣。我不知道这种早归的现象该怎样解释，我想知道，这种情形是否别处也有，或者只是由于这里的精神病院产生的影响所致。所以你要到植物园去一次，宋尼契嘉，但是你要选一个晴朗的日子，中午时去，仔细谛听一切，然后把情况告诉我。这对我说来，除了坎布莱[1]战役的结果外，可算是地球上最重要的事情，真是一桩心事。

你送给我的画片多么美啊！关于伦勃朗用不着再说什么了。提香的一幅，马比那个骑马的人更使我神往；在一个动物身上能够如此逼真地表达出威武和高贵的气魄，我过去几乎认为是不可能的。但是最美、最美的要算是巴尔托罗缪·达·委内齐亚的妇人像了（附带说一句，这个画家我过去一无所知）。色彩是多么使人陶醉，画笔是多么精湛，神情是多么富于神秘的魅力！不知为什么，她使我想到《蒙娜·丽莎》[2]。你送我的这些画片给我的牢房带来了喜悦和光明。

汉斯的书你当然必须保存好。他的书都没到我们手中，真叫我心痛。与任何人相比，我都更情愿把这些书送给你。《莎士比亚》你收到得是否算及时？卡尔写了些什么，你什么时候再去看他？你要为我千百遍地问候他，并且替我对他说：不管一切如何，事情总会好转的。祝你健康愉快。为了春天你要高兴些；明年春天我们将在一起过了。我拥抱你，最亲爱的。祝你复活节愉快！请你也多多地问候孩子们！

你的　罗莎

（邱崇仁　傅惟慈　译）

注释

1　坎布莱，法国北部的一个城市和要塞，第一次世界大战时（1918年3月和10月）曾在这里发生激战。
2　《蒙娜·丽莎》是意大利画家达·芬奇的名画。

致伊曼纽尔与玛蒂尔德·乌尔姆夫妇

（1918年4月22日）

最亲爱的蒂尔德：

正要给你写信，你的小篮子送到了。多谢你上次的包裹和信。面包非常可口，书也一样。你简直不知道自己送来了什么样的珍宝：歌德的《威廉·麦斯特的戏剧使命》，这可是歌德文献学者搜寻已久的《学习年代》的原稿。人们以为它失传了，直到七年前在苏黎世，一次完全偶然的机会，从拉瓦特圈子[1]里一位歌德的老朋友，芭芭拉·舒尔特斯的手抄本里找到了它。当时，这一发现引起巨大的轰动；毕竟，这是歌德在《意大利游记》之前写成的作品，而《学习年代》就在那次旅游之后面世，并经过长达20年的修改。好啦，你能想象，这太让我好奇了。

《威廉·麦斯特》根本买不到，你想知道这说明什么吗？很简单：它就不适合公众来读，这也是为什么它不再单独出版；只有文献学者与歌德专家还能对付它。他那副大腹便便的枢密院长官模样[2]，也实在折磨我的神经。

你丈夫送来的植物学的书，使我非常高兴。当然这是一本大众读物，对我来说自然没什么新东西。但它的表述和整体倾向是如此美妙，让我读来津津有味；很想多看些这样的书。我的流感还没完全好，但我尽可能忽略它的存在；更令我高兴的是，你又生气勃勃啦。

你的罗莎

（胡雅莉　译）

注释

1　约翰·拉瓦特（1741—1801），歌德在法兰克福时期的朋友。
2　歌德曹任魏玛公国的枢密顾问。他于1776年首次赴魏玛，正是当年开始《威廉·麦斯特》的创作。

致宋娅·李卜克内西

（1918年5月2日）

寄自布累斯劳

……我读过了《老实人》[1]和《乌菲尔特伯爵夫人》，我对这两本书都很感兴趣。《老实人》的版本很珍贵，所以我舍不得把它剪裁开，就那样把它读完了，因为这本书只有一面没有裁开，所以读起来也很方便。把人类一切不道德的行为恶意地加以综合起来，如果在战前，这给我的印象只是像一幅讽刺画而已，可是今天我觉得这种综合完全是现实主义的了……最后我要告诉你，"但是应该栽培我们的花园啊"这一句成语的出处到底给我找到了。这句话我自己也偶尔引用。《乌菲尔特伯爵夫人》是一部很风趣的文化方面的文献，是格里美尔豪生[2]的补充……你在做什么？你没有享受这明媚的春天吗?

永远是你的　罗莎

（邱崇仁　傅惟慈　译）

注释

1　《老实人》，法国哲学家伏尔泰的一本小说。
2　格里美尔豪生（1620—1676），德国小说家，著有描写30年战争的小说。

致宋娅·李卜克内西

（1918年5月12日）

寄自布累斯劳

宋尼契嘉，你的短简给我这么大的快乐，使我立刻就想给你写回信。你看，逛一次植物园给予你多少乐趣，多少鼓舞！你为什么不常去享受一下呢?！而且我向你保证，如果你把你的观感像这次这样热情洋溢、色彩绚丽地描述给我看的话，我也会分享到一点快乐。是的，我认识这种长在盛开的针枞上的奇妙的、色泽如红宝石的柔荑花。这种小花和大多数其他柔荑花一样美丽得出奇，当花苞怒放的时候，每每使观赏的人不敢相信自己的眼睛。这种红色的柔荑花是雌花，日后从花里面结出沉甸甸的大球果，扭转过来，向下倒垂着。针枞树上不显目的淡黄色的雄柔荑花，就生在雌花旁边，它们散播金色的花粉。——我不知道什么是"佩托利亚"，你说它是金合欢的一种。你的意思是说，它和人们叫作"金合欢"的一样也生着羽状的小叶子和蝴蝶形的花朵？你也许知道，这种俗称为金合欢的树其实并不是金合欢，而是刺槐，含羞树[1]才是真正的金合欢；这种植物确实是开着硫黄色的小花，有一股沁人的芳香，但是我想象不出来，它会生长在柏林野外，因为这是一种热带植物。在科西嘉岛上的阿亚乔地方，12月间，在城里的广场上我看见过许多盛开着艳丽的花朵的含羞树，这是些参天大树……可惜在这里我只能从我的窗口远眺树木的绿色，我可以从墙上面看到树木的梢头；我常常试着根据它们的外形和色泽去猜测树种，而且似乎大部分都猜对了。前不久有人拾来一根断枝，它的奇特的外形引起了普遍的惊异，大家都探询这是什么。这是一枝榆树枝。你还记得在我的绥登南街上，这种树我曾指给你看过，树上正结满了一撮撮淡紫带绿的芳香的小果实，那时候也是在5月里，你被这奇幻的景象完全吸引住了，这里的人几十年来住在遍栽榆树的街上，但是都没有留心过，一株开花的榆树是什么样子的……对于动物的情况一般说来也是这样感觉迟钝。从根本上来讲大多数城里人才真正是粗鲁的野人。

相反地，我的内心却和生物自然界息息相关——与人类则并非如此——这几乎成为一种病态了，也许这与我的神经质有关系。檐下有一对带冠的云雀孵出了一只小雏儿——其余三只大概都死了。这一只已经蛮会走了。你也许注意过,云雀跑的样子多么滑稽,步子轻捷、琐屑,像麻雀那样跳跳蹦蹦,这只小鸟也能飞得很好了,但是自己却还不会寻觅足够的食物,如昆虫、小毛虫等——特别是在这种冷天里。所以每天黄昏它必定出现在下面我窗前的院子里,吱吱地大叫着,声音又尖又厉又凄凉,两只老云雀随着也立刻都飞了出来,低声地以既害怕又忧虑的"啁啁"声回答着,然后往来疾飞,拼命地到处寻找,以冀在黄昏暮色和凛冽严寒中觅到些食物。一会儿它们飞到悲鸣的小鸟身边,把觅得的东西衔到小鸟的嘴里。这一幕现在每晚八点半钟左右总要重演一次,每逢窗下开始发出那尖声的悲鸣,我一看到那一对小父母的焦灼和忧虑,我的心就完全痉挛起来了。在这种情况下我又爱莫能助,因为这种带冠云雀非常胆怯,要是谁扔给它们面包,便把它们惊走了。不像鸽子和麻雀,这些鸟已经熟得像小狗似的在我后边追逐。我徒然对自己说,这是可笑的,我毫无理由为世界上一切饥饿的云雀负疚,毫无理由为一切被鞭挞的水牛——例如这里每天拖着包裹走到庭院里来的水牛——痛哭流涕。然而这种慰藉对我毫无裨益,每当我听见或看见这些时,我就仿佛害了病似的。那欧椋鸟总是成天地在附近某处激动地啼叫个不停,一直叫得使人心烦,可是如果它接连几日喑哑了,那么我的心又不安起来了,担心它会

五 柏林巴尔尼姆—佛龙克—布累斯劳狱中

遭到什么不测，我焦灼地等待它重新唱起它那无聊的调子，好让我知道，它仍然平安无事。这样，我在自己的斗室中通过千丝万缕直接而微妙的细丝和外界千百种大大小小的生物联系起来。这一切在我内心激起不安啊、痛苦啊、自我谴责啊种种的反响……你也是属于这些飞禽走兽之列，为了它们，我的内心在远处颤抖着。我感觉到，你因为还没尝味到"生活"，时光便一去不返而苦痛着。但是你要有耐心和勇气！我们还要活下去，我们还要经历惊天动地的事呢。现在我们首先觉察出来，整个旧世界如何在沉沦下去，每天有一块地方沉陷，每天有新的崩裂，每天有新的天翻地覆……最可笑的是，大多数人根本就没有觉察到，还以为他们是在坚实的土地上行走……宋尼契嘉，你也许有《吉尔·布拉斯》和《瘸腿魔鬼》[2]这两本书，或许你能替我找到它们？我一点也不熟悉勒萨日，早就想读他的作品了。你知道他吗？如果实在没有办法的话，我就买一本廉价本。

我热烈地拥抱你。

你的　罗莎

赶快写信告诉我卡尔的情形。也许范菲尔特有斯梯恩·史特鲁威尔[3]的《亚麻地》这本书，这是殷泽尔出版社的又一本法兰德人的作品，据说这本书很不错。

（邱崇仁　傅惟慈　译）

注释

1 原文为"含羞草",系一种一年生的草本植物,但在热带,也有生长得像树一般高大的。
2 《吉尔·布拉斯》和《瘸腿魔鬼》都是法国作家勒萨日(1668—1747)的小说。
3 斯梯恩·史特鲁威尔(1871—?),比利时作家。

致玛蒂尔德·雅可布

（1918年6月3日）

我最亲爱的玛蒂尔德：

我现在有一种需要，那就是需要感受到您在近处，至少觉得要通过书信与您交谈。

好像约好了似的，上个星期有几个食品包裹一起寄到我这里，其中有您寄的，有玛蒂尔德·乌尔姆寄的，还有莱因寄来的一个糖果盒。请您以后不要这样做了，我多次说过不需要什么东西。替我向罗丝表示感谢，让她以后也不要寄东西了。见到她随包裹寄来的阿尔布雷希特·丢勒所画的小兔子形象，我倒像看见了老朋友一样高兴。

您现在做什么，过得怎么样？一想到您一直

在忙个不停，迄今还没有把由于4月份来看我而耽误的必要的工作补上，我就觉得于心不安！在您把该做的所有事情好好地料理完之前，不要想着来看我；否则我们的内心都会不安，因而无法享受重逢和一起出行的快乐。至少从我目前的神经状况来看我做不到这一点。只有当我听说您恢复了常人的生活节奏，可以腾出时间去休假散步、读一本好书以后，我们再说您什么时候来这里的事。

您也领教了近几天来的寒冷天气了吧？这种天气实在糟糕。可是，尽管天气寒冷，每天晚上八点半左右都能听到远处传来布谷鸟的叫声。我现在给您写信的时候又听到它的叫声了。

冬天的时候，我曾经在此地的牢房里收养过一只褐色鸽子，那时它正在生病。它大概记得我的"善举"：有一天我在院子里散步时，它发现了我，此后每天都准时在那里等我，站在我旁边的碎石上展翅亮相，或者跟在我后面绕着院子散步。看到这种无言的友情，人们会觉得很有意思。

我最亲爱的玛蒂尔德，我多次地拥抱您，最衷心地问候您的母亲和格雷特欣小姐。

您的　罗莎

能否给我寄些漱口水来？

（柴方国　译）

致露易莎·考茨基

（1918年7月25日）

于布累斯劳

最亲爱的露露！

今天4点半就起床了。我久久凝视着远远的蓝天上那白灰相间的细碎的晨云，而监狱大院静悄悄的，仍在梦乡之中；然后我细细查看我那些花盆，供上清水，摆好瓶瓶罐罐，其中永远蓄满了插条和野花。然后，这会儿，6点钟，我坐在书桌前写信给你。

啊，我的神经，我的神经。根本睡不着。连最近去看的牙医——虽说我一直表现得温驯如绵羊——也突然评道："呐，你的神经一定崩溃了吧？"不过别提了。

只谈谈这个，无药可救的：这么久没收到我

的信，你一定抱着上千种疑问和想法吧？……我得直视着你的双眼，犹如童话里勇敢的骑士面对着巨兽；一转过身就完蛋了。

自然，这段时间，我无数次想着你。一想到最近在你心里唤起的猜疑，我忍不住顽皮的笑意。——但我写不了。部分因为，经过书稿校样的狂轰滥炸，加上与凯斯腾贝格[1]勤快的换函，我的通信额早已严重透支，部分因为——"别的"。

眼下，凯斯腾贝格在瑞士；印刷工人也在校对火力之中进行战略稍息——不知道为什么——而我在想着，8月11日快到了……这次我要提前确定，到你生日的时候，我该上哪儿牵念你。你在柏林么？去过维也纳了？打算去哪里休养不，现在感觉怎样？想听你说说这个，还有别的许许多多事情。

克拉拉（·蔡特金）沉默许久了。甚至没有答谢我的生日贺信，这种事在她是闻所未闻的。我遏抑不住一种可怕的念头。你能想象那意味着什么，假如她哪一个孩子出了事，更别提两个了？如今两个都在前线，可怕的日子就在眼前……

与我有关的任何事情，我都有勇气面对。可不得不隐忍别人的悲伤，说克拉拉不会有什么的，说"苍天不容"那种事发生——我缺乏那样的勇气和力量。但这些只不过是我的想法、幻象……

当你在监狱里待得太久，这种心理就会自发地滋长；每过一段时间，你便受着强迫性想象的煎熬。你突然惊醒，在幽独的木栅房里坟墓般的沉寂之中，顽固地确信某种灾难已降临在你最亲爱的这个或那个谁谁身上。通常你会突然明白那不过是你的想象，一个噩梦——可有时不会……

就在今天我也突发奇想，我正小心翼翼地摆弄花儿，时而查查植物图册来确定某个小问题——忽然间我想到，我正在故意误导自己，哄骗自己以为我仍过着正常的生活，而实际上我周遭是死亡世界的气息。或许特别影响我的是昨天在报上读到的莫斯科那200例"赎罪处决"……可是，抛开这些想法吧，最亲爱的！我不会让你沮丧！振作起来，我们要继续面对未知的生活。我敢保证，我们会一同战胜这一切，而且绝不会忘记以感恩之心，享受余下的美和善的点点滴滴。

附上一朵小花，是我最近去看牙的途中为自己采的一大把花束中摘下来的。你认识吗？它有着如此美丽的俗名："鬈发新娘""翠衫少女""丛林中的格雷琴"。它定是农家花园里一种古老的装饰品，因为在这片地区，它是用来防止牲畜"中魔"的。

你的男孩们在做什么呢？我真喜欢你上封信里那朵盛开的茉莉花，它还保养得好好的。我念头转到这上面，因为想到了最大的"男孩"，伊格尔爷爷。他在做什么呢？宋娅（·李卜克内西）送给我一册精彩的佛兰德故事集，是岛屿出版社出的。里面有些东西让人联想到特尼尔斯[2]的作品，还有彼得·布洛尔[3]的。你知道这本书吗？

回信得短，不过得快！得短，因为，你瞧，我不是唯一的阅信人……噢对了，我想起有样好东西给泽西，不过还得等一等。再见了亲爱的，要好好的，高高兴兴的。

多次拥抱你！

你的　罗

（胡雅莉　译）

注释

1 罗莎·卢森堡的出版商。
2 可能指宗教画家老大卫·特尼尔斯。
3 可能指彼得·布洛尔（1525/30—1569），绘画宗教方面的悲惨题材。

致玛蒂尔德·雅可布

（1918年9月12日）

我最亲爱的玛蒂尔德：

今天收到您的第二封短信，这让我从内心里感到高兴。同样，今天送到的一小盒鲜花也使我高兴。我看得出您恢复了健康，情绪不错，我也十分希望您在那里能够很好地疗养。那个地方让您觉得非常满意，这真是太好了。说实话，我当时对那个地方并没有抱多大期望，因为那里的地势根本不高（也就是300多米吧），而且也没有"名气"。然而，此事也同其他事情一样，关键在于人自己怎么看，看他能否从中发现美好的东西，要是您能够多享受一些阳光就好了！我现在每天起床时都心存忧虑地向外张望，想象您的处境。

往常我根本不在乎天气如何，可是现在这连绵的雨天却让我烦恼。我希望您能够勇敢一些，不管遇到怎样的天气都出去走走（大雨天除外）。我自己就一直是这样做的，只要可以"自由活动"的话。用牛奶和夹肉黄油面包做"个人早餐"的发明真是不错。任何能够"想到"的东西您都可以去尝一尝。我希望，等您回来的时候，您的健康状况与我们最后一次分手时的情形大不相同。

今天送来的鲜花中既没有山萝卜，也没有捕蝇草。我想您大概是弄错了，把矢车菊当成了山萝卜。鲜花中还有非常艳丽的地榆虎耳草（也被称为地榆），它们的颜色呈深红色；白色的小花是海绿（小米草属）；略带红色的金黄色花朵是牛角花；两个果状花序可能是防风或其近支植物。以后寄鲜花来时，不要忘了把叶子也一起寄来，那样会减少辨认的困难。红色的薯草非常漂亮，蔷薇果也很好看（当然，没有看到它的花）。我还辨认出一朵酸橙，一朵山柳菊（呈鲜艳的橘红色），还有一朵山萝卜花（请原谅，它已经完全破碎了，我一开始没有辨认出来）。此外，我还看到一些车前草、鸭茅和细小的勿忘我。我想，这就是全部内容了。

您是否把捕蝇草同其他什么花草搞混了？……

无论如何，我要对您所做的一切再次表示感谢。希望您继续送来礼物和消息，每一次的礼物和消息都能让我高兴好几天。

多次地拥抱您!

      您的　罗莎·卢森堡

我前几天卧病在床时,有几只鸽子曾经飞到我的床上!是不是没有听说过这种事?

        （柴方国　译）

致玛蒂尔德·雅可布

（1918年9月16日）

布累斯劳

我最亲爱的玛蒂尔德：

今天的天气非常好。想到您可以沐浴着阳光、在景色秀美的地区漫游的情形，我感到高兴。我刚才收到您寄来的鲜花：它们还都十分鲜艳！其中有矢车菊属的矢车菊、紫色的聚合草、美丽的大毛蕊花（粗壮的花茎上长满黄色的小花朵）、柳叶菜花、一些好看的小草、白三叶草以及两朵红色的拳参花。我立刻把它们浸在温水里，这样它们就能够好好地开放了。施里士夫人[1]也送来一束漂亮的菊花，里面有红色的，也有蓝色的。如果您再也用不着萧伯纳的书了，或许可以把它寄给我。或者您觉得不值得这样做？我是想把米勒夫人的书全部寄回去。您仍然睡不好觉吗,我希望您索性在明媚的阳光下多走一走,直到走累,接着就能睡好了。尽量多吃些东西!!

千百次地问候!拥抱您!

您的罗莎

(柴方国　译)

注释

1 指赛尔玛·施里士。卢森堡被囚禁在布累斯劳监狱期间,赛尔玛·施里士和丈夫罗伯特·施里士一同照料卢森堡的生活。——译者注

致玛蒂尔德·雅可布

（1918年9月18日）

布累斯劳

我亲爱的玛蒂尔德：

今天收到您星期日写的短信，鲜花在前天就收到了，多谢！您不认识的那种紫花（正像我在明信片上所写的）叫作聚合草；您还问那种带有绿色纹理的白花是什么，它叫梅花草（奥地利人称它为Studentenroeschen，其拉丁文名称是*Parnassia palustris*）。您这次寄来的鲜花让我感到非常高兴，因为梅花草不是常见之物，我在德国还从未采集到它。而在瑞士的日内瓦湖畔、在潮湿的沼泽地带，则可以经常看到这种花草。如果您再见到这种花，请给我摘一点。可是，可是！我要再一次提醒您，摘花时不要忘了连着它的叶子，尤其是基生叶一起摘下。这样的话，叶子的形状就足以让您弄清花草的名字。黄色的直立委陵菜花早已被我收进植物标本簿，多谢！

我完全赞同让您在那里住满三个星期的主意，而且如果可能的话，可以在那里住三个半星期。为什么不能这样做呢？您自己说过，J.小姐可以替您处理所有复杂的事情。那么，您完全可以让她再干半个星期或整整一星期。我很清楚，您还需要很长时间才能真正恢复过来。过早地结束疗养，很快就会失去疗养的功效。请您理智一点（！），打定主意，多休息几天！不管怎样，您都要尽快写信告诉我您是如何决定的，在什么日期之前还可以按施莱肯多夫的地址给您写信。

自星期一以来，这里的气温一直是盛夏的温度。今天晚上甚至有些闷热，以至于我都盼望来一场小雷雨了。虽然我往常咒骂热天，嫌它加重了监狱周围的讨厌的气味，而这一次我却盼望热天，原因是想到了您，想到您在阳光下可以好好地休息。我也希望在您回家途中来这里看我的日子里，这种天气再延续几天。

尽快再写封短信来！

多次地拥抱您！

您的　罗莎

（柴方国　译）

致玛蒂尔德·雅可布

（1918年10月10日）

我亲爱的玛蒂尔德：

请原谅我直到今天才回复您的友好的明信片。我现在内心充满激动，期待着尽快出狱，因而几乎没有心思再去写信。同时，我还要感谢您寄来的小盒子和小小的施普雷威尔德林图片，后者给我带来许多乐趣。我终于收到了迈蒂的消息，她这个星期乘车前往柏林，她的姐姐一直平静地生活在柏林。我在此顺便寄去对迈蒂的第一个问候，请您转达给她。我想，我很快就能回绥登南分担迈蒂的孤独了。至于我们两个人该如何工作，我现在还没有想好，但是我想那种情景是很美的。我觉得自己这个月的精神和干劲比以往大得多。但愿这种状况能持续一段时间！露易莎给我寄来一张明信片，她又去了布拉格，但是现在想从那里回来。宋娅没有写信，可是我能够理解：她现在大概正一心等待卡尔获释，顾不上想其他一些事情了。

您看我是一个多么实际的人！您最近给我寄来或带来的那件白色毛巾布晨衣已经完全"不合适"了，我先把它拆了，让人染成好看的浅蓝色，现在又把它缝好。这样，我立刻就有了一件像样的新衣服，而且还确实很好看！我对此感到十分高兴。施里士夫人又给我送来许多花（天知道出于什么原因），其中有一盆艳丽的钟石楠，还有香气袭人的紫罗兰，一枝玫瑰，几只雪果。此外，您告别时留下的丁香依然长得很好，保持鲜艳！那些鸽子同往常一样经常来探望我，我都不敢想象我离开这里以后它们会怎么样……

多次地拥抱您，衷心地问候您的母亲和格雷特欣小姐。

您的　罗莎

（柴方国　译）

致宋娅·李卜克内西

（1918年10月18日）

寄自布累斯劳

最亲爱的宋尼契嘉，我前天给你写了一封信。我给首相的电报直到今天仍没有得到答复，也许还要耽搁若干天。但是无论如何，有一件事是肯定的：从我现在的心情看，我绝不能在监视下来会见朋友了。几年来，一切我都耐心地忍受过来了，在别的情况之下，也许我还能够以同样的耐心再忍受几年。但是在发生了这个大转变后，我的心灵上也有了裂痕。在别人监视下谈话，不能畅所欲言，我对此厌恶已极，我宁愿放弃一切会客的权利，直到我们成为自由人时再重见。

这种情形不会太长了。既然狄脱曼和库尔特·艾思纳都已释放，他们也不会把我囚禁多久了。卡尔同样不久也会得到自由。那么，还是让我们等着在柏林会面吧。

千百遍地祝福你，直至再见。

永远是你的　罗莎

（邱崇仁　傅惟慈　译）

致玛蒂尔德·雅可布

（1918年11月4日）

布累斯劳

我亲爱的玛蒂尔德：

我原来以为自己随时都可能被放出去，因此根本没有心思去写信了。这就是我这么长时间没有给您音讯的原因。现在看来出狱的事情还要拖延很久，所以我又急着跟您取得联系——至少是书面联系。

您的最后一封信和小包裹给我带来了巨大的乐趣，因为在此之前我已经好久没有收到您的音讯了。顺便说一句，豌豆快要用完了，那些鸽子正在换毛，它们所需要的营养比我往常所能给它们提供的食物要多。它们一共是四只，现在成天待在我的牢房里，蹲在写字桌上、椅子扶手上，当我准备吃午饭的时候,它们甚至还跳进盘子里。我无法想象,当我某一天无声无息地离开这里时,它们会说什么。那些巧克力和以前收到的食品我本来已经精明而实际——像我本人一样——地收好,准备以后带回绥登南过日子用的,并发誓在这里不碰它们。可是现在的情况发生了变化,我的个性也无法再坚持下去,最终还是"碰"了那些巧克力。

请您不必忙着打扫我的住处。您也知道不必急于这样做。我本来打算把那些沉重的书箱分批寄回去,可是在我的住处无人接收它们(我不打算再跟萨赫特勒夫人联系)。可怜的迈蒂在维也纳,大概已经不耐烦了。我今天给她写了一封短信,但不知道邮件是否还能寄到维也纳。施里士夫人上个星期送来三支又大又艳丽的金黄色珍珠菊,今天又送来了紫罗兰和香气袭人的玲兰。她真是一个十分喜欢铺张浪费的人!——您可爱的母亲好吗,我马上就给格雷特欣小姐写一张明信片。盼尽快回信!

多次地拥抱您。

您的 罗莎

请原谅这个信封坏了。最后几个信封用完了。

(柴方国 译)

── 附录 ──

罗莎·卢森堡（1871—1919）

[美] 汉娜·阿伦特

一

完整可靠的英式传记是最令人感佩的编史工作类型。这样的传记往往是厚厚的两卷本，拥有相当的长度、完备的文献记录、繁多的注释，以及通篇的引文；同时鲜明生动地论及争端之中的历史时期，并不比最杰出的历史著作来得要少。不同于其他传记，其中历史并没有处理成一个著名人物生活必不可少的背景，而更像是一道无色之光被伟大人物的棱镜所穿透和折射，结果成功地取得了生活和世界的完整统一。这就是为什么它总成为那些大人物生活的经典模式。但是，对于那些主要兴趣在普通生活之中的人们，或者对于艺术家、作家以及其天赋是与世界保持距离的人们，那些主要是在他们的作品中展现其意义的人们，而不是在他们的世界中扮演角色的人们来说，这样的模式则未必适用[1]。

J.P. 奈特选择罗莎·卢森堡的一生，作为那种似乎仅仅适合于伟大人物传记形式的对象[2]，是对他自己才华的一次打击，她实在不是那一类型。甚至在她自己所处的欧洲社会主义运动之中，她也是一个边缘的角色。在那些短暂的辉煌时刻，她的行为和著作所产生的影响都不能与同时代的人们相比——从普列汉诺夫、托洛茨基、列宁到倍倍尔、考茨基，再到饶勒斯[3]、米勒兰[4]。如果在这个世界上的成功是这类传记取得成功的先决条件，那么奈特先生如何把握这样一个女性呢？她年纪轻轻便离开故土波兰投身德国社会民主党；继而在几乎不被人所知和遭到忽视的波兰社会主义运动中扮演了关键角色；在随后的大约二十年里，尽管没有职务上的正式认定，她又成为德国左翼运动中最具争议和最不被理解的人物。由此看来这倒是一次名副其实的成功——在她所处的革命家的世界中，有关她的生活、死亡和死后都成功地绝口不提。能否说她所有的失败——包括被正式认可的失败——与我们这个世纪令人沮丧的革命的失败有着某种关联？历史之光在被她的生活和著作的棱镜折射之后会有些什么不同？

无论如何，我知道没有一本书能够赋予从19世纪最后十年到1919年1月罗莎·卢森堡和卡尔·李卜克内西被暗杀这段历史时期以更多的光亮,这两个斯巴达克同盟[5]的领导者、德国共产党的先驱者于柏林死在掌权的社会主义政权眼皮底下,并极有可能是在其默许之下。杀手来自非法的激进组织"自由军团"[6]成员,这是一个准军事化的组织,不久希特勒的冲锋队就征募他们将其看作最有指望的暗杀集团。那时候的政府实际上是掌握在"自由军团"手中,因为后者取得了"诺斯克的充分支持",诺斯克是社会党的国防专家,并因此而掌握军队,这一点最近由参与暗杀的幸存者帕卜斯特上尉得到证实。波恩政府(它在不止一个方面只是急于重现魏玛共和国的邪恶品性)广为散布说——因为"自由军团"挫败了第一次世界大战之后莫斯科想要将德国归并为红色帝国的企图,所以杀害李卜克内西和卢森堡是完全合法的,是"一个符合军事法的判处"。这比曾经的魏玛共和国曾经的伪装更为深思熟虑,它从未公开承认"自由军团"事实上是政府的武装,而且凶手龙格因为他仅仅"企图杀人"(他在旅馆的走廊里袭击了罗莎·卢森堡的头部)判处两年零两个星期的监禁以示"惩罚",还判处了沃格尔中尉四个月的监禁(当卢森堡在一辆车里被杀害并被扔进兰德维希运河时,他是官方部门的主管),因为他"没有将尸体上报并非法加以处理"。在审讯中,出示了一张龙格和他的同伙于刺杀成功的次日在同一家旅馆庆祝的照片,这使得被告十分高兴。主持法官说:"被告龙格,请检点你的行为,这没有什么好笑的。"四十五年之后,在法兰克福的奥斯维辛审讯中,相同的微笑再次出现,相同的话也被重复。

随着罗莎·卢森堡和李卜克内西的被害,欧洲左翼分裂成社会主义和共产主义两个政党已经不可避免;"共产主义者在理论上所描述的深渊已经成了……死亡的深渊"。并且,因为这一早先的罪行是在政府的辅助和教唆之下完成的,它也就成了战后德国死亡之舞的先导:极右派的暗杀者们从肃杀极左派的重要领导人开始——胡戈·哈斯、古斯塔夫·兰道尔、利奥·约基希斯和欧仁·利文,并迅速转向了中间派以及中间偏右派瓦尔特·拉特瑙和马提亚·埃尔茨贝格尔,后两者被害时都是政府成员。罗莎·卢森堡的死成了德国两个时代的分水岭,成了德国左翼运动无法往回走的起点。所有那些出于对社会党的痛苦失望而转向共产党的人们,对于共产党迅速的道德堕落和政治瓦解而感到更加失望,但是他们又感到重返社会党的行列就意味着对于谋杀罗莎的宽恕。这种极少公开的个人反应,如同镶嵌的碎片般落入历史的大谜语之中。它们构成了环绕在罗莎·卢森堡名字周围的传奇。当然传奇有它自身的真实,但是奈特先生并没有在意有关罗莎的传奇,这是十分恰当的。还原罗莎历史性的一生很难,但这正是奈特先生的工作。

她死后不久,当所有的左翼派别都认定她的所为一直都是"错误"时(这一长长的系列中最后一名的乔治·利希特海姆在《遭遇》一书中提出"一个十分绝望的例子"),她的公共形象发生奇特的转变。两小册她的书信集出版了。其中的形象是完全个人化的，有着单纯感人的仁慈以及诗意的美好，足以打破那个宣传中嗜杀的"红色罗莎"，至少打破了一个坚定的反犹者和反动集团成员的形象。然而，另一个传奇开始出现了——一个伤感的看护鸟的人，一个爱花的人，一个当她离开监狱时狱卒会含着泪花与她道别的女性——仿佛他们已经离不开这个始终将他们当作常人看待的奇特囚犯。奈特没有提及这个故事，而我在很小的时候就听到过，后来又经她的朋友库尔特·罗森费尔德证实，他坦言他曾经亲眼看见这样的情景。这也许是够真实了，而它有点尴尬的一面，因为另一件逸事而在某种程度上被抵消，奈特提到了这件事。1907年她和她的朋友克拉拉·蔡特金（后来成为德国共产主义运动中的"伟大的老女人"）一起散步，忘记了时间，耽误了同奥古斯丁·倍倍尔的约会，倍倍尔担心她们失踪了。罗莎于是讲出了她们的墓志铭："这里躺着德国社会民主党的最后的两个男人（men）。"七年之后，1914年1月，在面对指责她在战争中"煽动"群众内乱的刑事法庭的法官们所做的极好演说中，她有了一个证明这个残忍的玩笑的机会。（顺便提一下，对于一个"一直错误"的女人来说，在很少有"严肃"的人认为可能发生的第一次世界大战爆发之前的五个月，因这样的罪名而被审判，倒并不赖。）奈特先生很好地重现了这次演说的全文，其中的"男子气概"在德国社会主义运动中是无出其右的。

在经历过许多年、许多次大灾难之后,这个传奇变成了对于这场运动逝去的美好时代的怀念之象征,在当时,希望仍然是新鲜的,革命即将来临,而且最重要的,群众信仰的能力和社会主义或共产主义领袖们道德上的正直还没有被损害。它所讲述的不仅是罗莎·卢森堡的人品,而且是老一辈左翼人士的人格——其含混、混乱和在所有细节方面的不准确的故事也得以传遍世界,并且在每一个"新左派"产生之处再度复活。然而与这个光辉形象并存的还有一个老话中的"喋喋不休的女人"、一个既不"现实"又不科学的"浪漫派"(她确实总是步调不一致),她的书遭到冷落,尤其是她那本论帝国主义的书(《资本积累论》,1913年)。而当每一个"新左派"运动在转向"老左派"时——通常发生在其成员四十岁的时候,都会埋葬它早期对于罗莎·卢森堡的狂热和年轻时的梦想;而且他们从没有认真阅读更谈不上理解她所说的。一旦他们处在新获得的社会位置上,便轻易以一种居高临下的市侩态度来抹杀她。"卢森堡主义"这个在她身后由党内政客因为争论而发明的称谓,甚至从来没有获得过被指责为"叛国"的荣誉,它只是被当作一种无害的、幼稚的传染病。除了在俄国革命初期对于布尔什维克政治的精准的、令人惊诧的批评之外,罗莎·卢森堡所写所说的全都没有流传下来,而它们之所以被保留,是因为那些持"上帝失败了"论调的人们可以将其当作便当而完全不恰当的武器,来攻击斯大林。(正如《时代文学增刊》中关于奈特的书评者所指出的"将罗莎·卢森堡的名字和著作作为一种冷战的武器是不适当的"。)她的新崇拜者并不比那些诽谤她的人与她本人有更多共同之处。她对理论差异的高度敏感和对人的精确判断,以及她个人的好恶,使她在任何情况下都无法将列宁和斯大林混为一谈,这更因为她从来就不是一个"信徒",从来没有将政治当作宗教的替代品。正如奈特指出,当她反对教会时,从来不去攻击宗教。简言之,"当列宁所面对的革命轮到她头上来的时候",她仍然视之为马克思主义意义上的一篇信仰的檄文。列宁本质上是一个行动的人并将一切事件都导向行动,但是她——在她对自己半认真的评价中——只是一个天生的"书呆子",如果不是这个世界冒犯了她对于公平和自由的感受的话,她更宁愿埋头在动物学、植物学,或者历史学、经济学抑或数学之中。

当然得承认她不是一个正统的马克思主义者。她太不正统了,以至于几乎可以怀疑她是不是一个马克思主义者。奈特先生正确地指出,对她而言马克思最多不过是"他们中最好的对于现实的解释者",她甚至可以写出"马克思那部著名的《资本论》的第一卷,有着黑格尔一样的大量的华丽辞藻装饰,让我非常讨厌"[7]这样的话,表明她缺少那种个人性的忠贞不渝。在她的视野中最重要的是现实,是现实中所有那些奇妙和可怕的方面,它们甚至比革命还要来得重要。她的非正统性是坦诚的、不存在争辩的,她"推荐朋友阅读马克思的理由是'大胆的想法、对任何事情都怀疑并思考',而不是他结论的价值。……他的错误是不言自明的……这就是她为什么不为去作冗长的批评而烦恼"。所有这些在《资本积累论》中有着最为显著的体现。只有弗兰茨·梅林公正地将这本书称为"自马克思死后无可匹敌的真正了不起的、令人销魂的成就"[8]。这部"天才的惊世之作"的核心主题十分简单。既然资本主义在"其自身的经济矛盾中"没有表现出任何瓦解的迹象,她开始寻找一个外部原因来解释它的生存和扩张。她在所谓的"第三种人"的理论中发现了它,即事实上,扩张的过程并不仅仅是支配资本主义生产的内部法则的结果,而是在那些被"资本主义"占领并被带入其影响范围的国家中,前资本主义的成分不断涌现的结果。一旦这种进程占据了某个国家,资本主义就被迫寻找地球上的其他部分——那些前资本主义地区——以便将它们带入总是依靠其自身之外的东西为资源的资本积累的进程之中。换句话说,马克思"资本的原始积累"并非如原罪般是一个独立事件,是一个初生的资产阶级一次性的"剥夺"行为,其进程会遵循"铁的规律",即因其自身固有的规律引向毁灭。相反,剥夺行为必须不断被重复以维持这一系统的运转,因此,资本主义并不是一个封闭的系统从而产生出其对立面并"孕育了革命",它会依靠着外部成分维持其运转。如果有自动毁灭的话,那也要等到整个地球被其征服和占据之后。

列宁很快认识到,这部著作无论其优缺点,都是彻底非马克思主义的，它与马克思和黑格尔理论基础的辩证法是冲突的，辩证法则认为每一命题都必然创造出其对立面——资产阶级社会创造了无产阶级——因此在整个进程中的每个时刻都必然与引发它的最初成分相关联。列宁指出，根据唯物主义辩证法，"她关于扩张的资本主义再生产，不可能是在一个封闭的系统之中，并需要蚕食其他系统以维持其运转的理论，是一个'根本上的错误'"。问题只在于，在抽象的马克思主义理论中，完全按照事物的真实状况进行描述同样无法避免错误。她认真地"描述了南非的黑人所遭受的苦难"明显也是"非马克思主义"的，但是今天谁能否认它应该是有关帝国主义的书中的一页？

二

从历史的角度讲，奈特先生最重要最具有原创性的成就是发现了波兰—犹太"志同道合者团体"（peer group），罗莎·卢森堡终其一生与这个从中发展出波兰党的群体有着密切的小心翼翼的依恋。不仅是对于那些革命，而且是对于20世纪的革命精神，这的确是一个十分重要但在今天完全被忽略的资源。这个社会阶层甚至在20年代就不复呈现，到今天已经完全消失了。它的核心成员是一些来自中产阶级家庭的同化了的犹太人，其文化背景是德国的（罗莎·卢森堡能够背诵歌德和默里克，她的文学趣味是无可挑剔的，远在她的那些德国朋友之上），其政治构想是俄国的，不管是在私人生活还是公共生活中，他们的道德水准都是他们自己的、独一无二的。这些犹太人——在东方是一个极少数群体，在西方被同化的犹太人中占有更小的比例——他们不属于任何社会阶层，无论是犹太人的还是非犹太人的，因此没有任何传统的偏见，并且，在这种真正伟大的孤独之中，他们逐渐发展出一套自己的道德准则——这样的准则后来吸引了一些非犹太人，其中就有朱里安·马尔赫列夫斯基和费利克斯·捷尔任斯基，这两人后来都加入了布尔什维克。也正是因为这种独特的背景，列宁任命捷尔任斯基为契卡第一任领导人，这是他指望权力在其手中不可腐败的人；捷尔任斯基甚至被要求掌管儿童教育与福利部。

奈特先生恰当地强调了罗莎·卢森堡与她的家庭之间的良好联系，她的父母、兄弟、姐妹以及她的侄女，他们中没有人表现出一丁点儿社会主义信仰的倾向或革命行为，然而在她不得不躲避警察或投入监牢时，他们又为她做了所有力所能及的事情。指出这一点是很有价值的，它使我们对于这一独特的犹太家庭背景有所认识，而没有这一背景，犹太志同道合者团体当中所产生道德准则就成为几近不可理解的。在那些对待其他人——几乎是任何人——都一律平等的态度中所隐藏的平等观念，本质上来自于十分质朴的童年世界经验，在这样的世界里，人们彼此尊重，相互信任，一个博爱而真诚的群体，在这里，忽略社会背景与道德观点的差异被认为是理所当然的。志同道合者团体成员之间的共同点只能被称之为道德趣味，它与"道德原则"截然不同。他们将自己的道德属性归功于他们曾在一个纯正的世界中成长,这给了他们属于他们自己的"罕有的自信",因此,他们对于后来所进入的世界表现出不安,并被认为是傲慢和自负而招致严重不满。由这个社会阶层而不是德国社会民主党构成了罗莎·卢森堡的家园。这样的家相当于一个可移动的点,由于其所具有的显著犹太特征,它没有"祖国"。

当由犹太人团体占主导地位的党SDKPiL(波兰和立陶宛王国社会民主党,最早叫作SDPK,波兰王国社会民主党)从官方的社会主义波兰党(PPS)中分离出来,因为后者要求波兰独立(毕苏斯基,第一次世界大战后波兰的法西斯主义统治者,就是该组织最重要的后继者),这是完全可以理解的。而在分离之后,该组织成员变成了空谈国际主义的热心支持者。可以说,只有在民族问题上,人们才可以指责罗莎·卢森堡的自欺和不愿面对现实。从她的反民族主义立场中发现"一种奇怪的犹太品质",当然是"可悲而荒谬"的,但不可否认的是,这同她所具有的犹太特征的确有一定的关联。奈特先生虽然没有掩饰什么,但还是小心地避开了"犹太问题",考虑到对于这样的问题一般都会低调处理,人们也只能赞同他的选择。不幸的是,他这种可以理解的逃避行为使他无法看到在这个问题上的一些重要事实,这是非常遗憾的,而这些简单、基本的事实也同样逃过了罗莎·卢森堡足够敏感和警觉的头脑。

首先,据我所知这一点只有尼采曾经指出过的——欧洲犹太人的地位和作用，命中注定使得他们成为"好欧洲人"（Par excellence）。在巴黎和伦敦、柏林和维也纳、华沙和莫斯科的犹太中产阶级们，事实上既不是世界主义的也不是国际主义的，尽管他们中的知识分子认为他们自己属于这一行列。他们是欧洲人，可以说除此之外别无其他。这不是一个信念问题，而是一个客观事实。换句话说，那些被同化的犹太人坚持错误地认为他们同德国人一样是德国人，同法国人一样是法国人，犹太知识分子则自欺地坚持他们没有"祖国"，因为他们的祖国实际上就是欧洲。第二点，至少东欧的知识分子都通晓多种语言——罗莎·卢森堡本人就能流畅地使用波兰语、俄语、德语、法语，并且熟练地掌握着英语和意大利语。他们从来不知晓语言障碍的重要性，以及"工人阶级的祖国是社会主义运动"这一口号，对于工人阶级而言如何是一个灾难性的错误。有着敏锐的现实感以及严格避免陈词滥调的罗莎·卢森堡本人，并没有听出这样的口号在原则上有什么错误。一个祖国，毕竟首先是一片"国土"（land）；而一个组织并不是一个国家（country），甚至在比喻的层面上也不是。后来，这一口号被修正为"工人阶级的祖国是苏维埃俄国"，这的确具有了一种名义上的正当性——俄国至少是一个"国土"——这使属于这一代人的国际主义乌托邦梦想终告结束。

人们可以举出更多类似事实，但要说罗莎·卢森堡在民族问题上是完全错了仍然是很困难的。还有什么比在帝国主义时代伴随着民族国家的衰落、愚蠢的民族主义对于欧洲的灾难性的衰落带来更大的影响?那些尼采称之为"好欧洲人"的人——即使在犹太人中也是极少数的——他们正是唯一提前预感到那灾难性后果的那群人,尽管他们不能正确估量在一个正在衰败下去的民族政体中民族情绪的巨大力量。

三

与波兰人"志同道合者团体"的密切联系,以及它对于罗莎·卢森堡公共与私人生活持久的重要性,奈特先生披露的这些迄今为止难以接触到的材料,使得这位传记作者能够将她生活的事实拼凑起来——"爱与生命的精致营生"。现在十分清楚的是,我们几乎完全不了解她的个人生活,原因很简单,她如此小心翼翼地保护自己免遭恶名。这不仅仅是资料缺乏的问题。这些新资料落到奈特先生手中确实是很幸运的,他因此有资格将几位前辈研究者送出这个领域,与其说他们缺乏接近事实的通道,不如说他们在自己的课题上无法达到同样的思考和感受。奈特如此轻易地处理手中传记材料令人惊讶,比较起来,他的做法是感性的。他的传记是这位非凡女士第一张似乎有说服力的肖像,以满怀深情、机敏和极为细腻的笔调写成。仿佛她找到了自己最后一名崇拜者,也正因此其中有些判断是可以讨论的。

毫无疑问他错误地强调了卢森堡的野心和事业心。他是否认为她对于德国社会民主党内的野心家及地位追逐者的强烈蔑视仅仅是伪善之言？这些人的嗜好在德国议会是公认的。他能够相信一个真正"雄心勃勃"的人会做到像她这样豁达吗？（在一次国际会议上，饶勒斯刚刚结束了一场雄辩的演讲，其中嘲笑了罗莎·卢森堡错误的热情，可是没有人为他翻译。罗莎站起来重现了他那动人的雄辩，一字不差地将它从法语翻译成德语。）除了假定她的不诚实和自我欺骗，否则奈特不能解释卢森堡给约基希斯的这封信："我有一种被诅咒般对于幸福的强烈渴念，并随时准备为了每天的那份幸福与头脑中的顽念做斗争。"奈特对于野心的错误理解是将它当作了一种性情方面的天赋力量，他误解了她的玩笑话——"点燃燎原之火"，由此不由分说地将她推进公共事务，甚至来解释她的大部分纯粹智力方面的工作。虽然他再三强调"志同道合者团体"高标准道德，但是看起来他仍然没有理解诸如野心、事业、地位甚至仅仅是成功，都处在严格的禁忌之下。

奈特还强调指出了罗莎·卢森堡性格的另一个方面，但看起来他并没有真正理解其内涵：她是如此"自我意识的一个女人"。奈特更多地将这归因于她拥有和男人一样而不是超越他们的天赋与机遇，因而限制了她的抱负在其他方面可能会有的表现。她厌恶女性解放运动——她同时代所有其他女性和政治信念都无法抗拒地被它拖着走——是有意义的；面对鼓吹妇女参政的平等，她或许冒险地回答："小差异万岁。"她是一个局外人，不仅因为她是一个波兰犹太人生活在一个她不喜欢的国家之中，以及身处一个她很快就加以蔑视的政党当中，而且因为她是一位妇女。当然，奈特先生的男性偏见必须被原谅，它没什么大不了的，如果这偏见没有妨碍他充分理解约基希斯——她实际上的丈夫，她的第一个也可能是唯一的爱人——在她生命中所扮演的角色的话。他们之间致命的、严肃的争吵是他们那个时代和这个社会环境的典型体现，起因是约基希斯和另一个女人短暂的恋情，而罗莎狂怒的反应又使问题无休止地复杂化了，并导致了约基希斯的猜忌，导致罗莎多年拒绝原谅他。他们那一代人还坚信爱情只会发生一次，婚后的不负责任行为不该误解为是对某种自由恋爱的信仰。奈特先生的证据显示罗莎有很多朋友和崇拜者，并且她很喜欢这样，但是这很难表明在她的生活中曾有过任何其他男人。党内谣传说她打算和狄芬巴赫结婚——她称他为"您"，而且做梦也没有将其视为与自己一样的人——相信这样的谣传实在愚蠢之至。奈特将罗莎·卢森堡和利奥·约基希斯的故事称为"社会主义的一个伟大和爱情悲剧性的故事"，我们没有必要就奈特的结论进行争执，而如果我们能够理解，导致他们最终悲剧关系的原因，并不是"盲目的和毁灭性的猜忌"，而是战争和经年的监狱生涯，是注定失败的德国革命和它那血腥的结局。

利奥·约基希斯这个名字也是奈特从被湮没的历史中"救"出来的，他是一个出色的职业革命者，并且至今仍是职业革命家的代表人物。对于罗莎·卢森堡来说，他一定是一个标准的男性，这一点对她有着非常重要的意义。比起德国社会主义者名人来，她更喜欢格拉夫·韦斯塔普（德国保守党的领袖），"他是一个男人（man）"。只有极少数的人为她所欣赏，而约基希斯则排在这张只有列宁和梅林会被毫无疑问写上去的名单的前列。他一定是个拥有行动和激情的人，他知道如何行动以及如何忍受。将他和列宁相比会很有意思，他有点像列宁，有些不同的是他喜欢匿名和幕后策划、喜欢密谋和危险——这些素质一定为他增添了更多的个性魅力。他真的就是一个"未铸满的"列宁，甚至他的不善于书写、他的"投入"（正如她在一封信中精到而又充满爱意地评述的）以及他作为演讲者的平庸之才。这两个人在组织和领导方面都具有伟大的才能，但也仅此而已，因此当无事可做并且只剩下自己的时候，他们会感觉自己的无力和多余。这在列宁身上体现得不明显因为他从来没有被彻底孤立过，但是约基希斯很早落此境地，因为与普列汉诺夫（19世纪瑞士的俄国移民教皇）——的一场争吵，他与俄国党闹翻了，普列汉诺夫把这位新近从波兰来的自信的犹太青年看作"小号"的涅恰耶夫[9]。根据罗莎·卢森堡的说法，结果他"完全无根地生长"了许多年，直到1905年革命才给了他第一次机会："很快，他不仅取得了波兰运动领导人的位置，甚至包括俄国。"（那是因为波兰与立陶宛王国社会民主党在革命中取得突出成就，而且更重要的是在后来的几年当中，虽然约基希斯自己"没有写下一条纲领",但一直都保持其刊物"依然是核心灵魂"的身份。)第一次世界大战期间,在"德国社会民主党完全不知情"的情况下,他在德国军队中组建了一个秘密的反对党,约基希斯迎来了最后一次短暂的辉煌时间。"没有他就不会有斯巴达克同盟",它和德国的任何一个左翼团体都不同,很快就成为一种"理想的志同道合者团体"。(当然,并不是说是约基希斯制造了德国革命;像所有的革命一样,它不是由任何人制造的。斯巴达克同盟也是"水到渠成,而不是制造事件",而官方认为1918年1月"斯巴达克同盟暴动"是由它的几个领导——罗莎·卢森堡、李卜克内西和约基希斯——指使而导致的,这不过是一个神话。)

我们永远也不会知道,罗莎·卢森堡的政治思想中有多少来自于约基希斯;在婚姻中,要分辨夫妻二人的思想并不总是很容易。但是,他失败而列宁成功这样的结果,这既是环境使然,也与他稍低的社会地位有关——他是一个犹太人和波兰人。无论如何,罗莎·卢森堡可能是最后一个据此而判断他的人,而"志同道合者团体"不以这些范畴为标准来评判人。约基希斯自己可能会同意欧仁·利文的话,后者也是一个年轻的俄国犹太人:"我们是处在缓刑期的死人。"这种情绪使他和其他人不同,因为无论是列宁、托洛茨基还是罗莎·卢森堡自己,可能都没有过这样的想法。在她死后,他拒绝离开柏林逃生,"必须有人留下来为我们所有的人撰写碑文"。在李卜克内西和卢森堡被谋杀的两个月以后,他也被捕并在警察局里被枪杀了。谋杀者的名字是知道的,但是却"没有任何要对他予以惩罚的举措";他以同样的方法杀了另一个人,然后继续他"在普鲁士警察部门中谋求晋升的事业"。这就是魏玛共和国的道德观念。

阅读和回忆这些往事,人们会痛苦地觉察到"德国同志"与"志同道合者团体"成员之间的不同。1905年俄国革命中,罗莎·卢森堡曾在华沙被捕,朋友们为她募集了保释金(可能是由德国社会民主党提供的)。付款时还附加了"非正式的威胁:如果罗莎发生任何事情,他们会对知名的政府工作人员采取以牙还牙的报复行动"。这样的"行动"观念从来就没有出现在她的德国朋友脑中,不管是在政治谋杀的风波之前还是之后,不受惩罚的行为早已变得臭名昭著。

四

回顾过去是令人不安的,对她来说也是十分痛苦的,因为不仅仅在一些关键时刻,罗莎·卢森堡都表现出与德国社会民主党官方权力的一致而不是相反。这些是她真正的错误,她最终都能承认并为此悔恨自责。

其中较小的危害与民族问题有关。1898年她从苏黎世到了德国,在那里她以"关于波兰工业发展的一流论文"取得了博士学位(朱利斯·沃尔夫教授在他的自传中仍然怜爱地忆起"这个我最能干的学生")。这篇论文取得了非同寻常的"即刻出版的荣誉"，且至今仍为研究波兰历史的学生所使用。她的论点是波兰的经济增长完全依赖于俄国市场，以及所有试图"形成一个民族的或者语言的国家的努力，都是对过去五十年内发展和进步的否定"。（远在两次战争之间波兰经济萎靡得以证实之前，她在经济上便作出了正确判断。）她后来成为德国党内波兰问题的专家，成为他们在东部德国省份内波兰人中的宣传员，并且她还与一些人加入了一个松散的联盟，这些人不计后果地希望将波兰人"德国化"，如一个德国社会民主党秘书对她所说的那样，他们"将高兴地令你看到每一个波兰人甚至包括波兰社会主义者"都那样，显然，这种官方认可的欢欣对于罗莎来说是一个错误。

更为严重的是在那场修正主义的论争中，她违心地站到了德国社会民主党当权者一边，于其中扮演了一个领导者的角色。这场著名的论争由爱德华·伯恩斯坦[10]引起，并以"改良取代革命"写进了历史。这场论争在舆论上因为两个原因造成误导：仿佛德国社会民主党在世纪初仍从事革命，情况并非如此；它压下了伯恩斯坦不得不说出的许多实情。马克思经济理论家们在对于伯恩斯坦的批评中承认，伯恩斯坦的论述中充满了"与现实的一致"。他指出"社会财富的剧增并不伴随着大资本家数量的减少而是增多"，同时并没有出现"富裕阶层的减少和加剧穷人的痛苦"，他认为"现代无产者的确贫穷但还不至于穷困潦倒"，而马克思的那个口号"无产阶级没有祖国"也并非真确。普选给了人们政治权利,工会赋予他在社会中的一个位置,在国家外交政策中,新帝国主义发展出一套清晰的路数。无疑,德国社会民主党不喜欢这些实情,主要是出于对批判性地检验其理论基础抱有一种根深蒂固的不信任,并且这种不信任因为德国社会民主党在现状中的既得利益受到伯恩斯坦分析的威胁而变得尖锐化了。居于首位的是这个党作为"国中之国"的这种身份:事实上党成了处于社会之外的庞大而秩序分明的官僚机构,谋取自己想要的东西。而伯恩斯坦的修正主义将会使德国社会民主党重新回到德国社会,这样一种"结合"令人感到其给党的利益带来的危险不亚于一场革命。

对于德国社会民主党在德国社会中的"贱民位置"以及它参政的失败,奈特先生持有一种有趣的理论。对党的成员来说,这个党似乎"在其内部提供了针对腐朽的资本主义的更佳选择"[11]。事实上,出于"在所有方面保护社会免遭攻击",它产生出一种所谓"并肩共存"(正如奈特所指出)的欺骗性感情,而法国社会主义者便对此十分不屑[12]。不论怎样,党的成员越增加,"不顾一切地组织起来"的激进要求则越热忱,这是明摆着的。由于在很大程度上避免了与社会的摩擦,并享受没有任何后果的道德优越感,一个人在这"国中之国"当中可以过得很舒服。甚至无须为这种严重的疏离付代价,因为贱民社会实际上不过是一个镜中映像,是德国社会一个"微缩景观"。德国社会主义运动进入死胡同可以用相反的立场来进行分析,甚至是伯恩斯坦的修正主义观点，它将资本主义社会的工人阶级解放看作一个已经完成的事实，并要求停止谈论无人愿意进行的革命；也不愿意考虑这样一些人的立场：他们不仅从资产阶级社会中"疏离"，而且确实要改变这个世界。

来自东方的革命者抨击伯恩斯坦的有普列汉诺夫、巴伏斯、罗莎·卢森堡，和卡尔·考茨基一道，后者是德国社会民主党声名显赫的理论家，虽然对他而言，与伯恩斯坦待在一起反比这些国外的合作者要轻松得多。他们赢得的这场战争付出了昂贵的代价，它"仅仅加强了疏离而更加远离现实"。因为真正的焦点不是经济上的也不是理论上的。面临危机的是伯恩斯坦的信念，它羞涩地隐藏在一个脚注之中："大多数中产阶级——不排除德国人——不仅在经济上而且在道德上都显得相当健康。"这就是普列汉诺夫称他为"市侩"的原因。巴伏斯和罗莎·卢森堡视这场战斗关乎党的前途。真实的情况是伯恩斯坦和考茨基对革命有一种共同的厌恶，而"必然性的铁律"给了考茨基不去做任何事情的最好借口。只有这些来自东欧的人们，他们不仅"相信"革命是一种理论上的必然，而且还希望做点什么，那是因为他们觉得社会在道德与正义底线上已经变得让人无法忍受。而另一方面，伯恩斯坦和罗莎·卢森堡在许多方面又是共同的：诚实地分析他们所看到的（这可以解释伯恩斯坦诚于她"私密的温柔"）、对现实的忠诚和对马克思的批评。伯恩斯坦意识到这一点，在回应罗莎·卢森堡的抨击时，对于她深表怀疑的"整个马克思的预测建立在正在演进的社会进化,而它的基础是危机理论",他有着机敏的评价。

罗莎·卢森堡在德国社会民主党中早期的成功建立在双重误解之上。在世纪之交,德国社会民主党受到"遍及世界的社会主义者的艳羡和钦佩之情",而支配党的政策和精神的奥古斯特·倍倍尔这个德高望重的元老,从德意志帝国的俾斯麦的创立到第一次世界大战的爆发,他总在声称:"我是并永远是这个现存社会的敌人。"这听上去不像波兰"志同道合者团体"人物所说的吗?从如此狂妄挑战的口气中,人们不是可以认为伟大的德国社会民主党在某种程度上是放大了的波兰和立陶宛王国社会民主党?罗莎·卢森堡用了几乎十年的时间——直到她从俄国第一次革命中回来——她才发现这种狂傲的秘密在很大程度上是故意不介入世界,而一心埋头于发展党的组织。不同于这种做法,罗莎·卢森堡在1910年之后发展出与社会持续"摩擦"的纲领,就像她所意识到的,如果不这样,革命精神的根本源泉就要枯竭。她不打算在一个宗派组织中浪费一生,无论这个组织是多么庞大;她献身于革命因为这是一件道德事务,这意味着她始终富有激情地介入公共生活和公共事务,介入这个世界的命运。她卷入欧洲政治并不是因为工人阶级的切身利益,因此完全是在马克思主义者的视野之外,这最鲜明地体现在她向德国社会民主党和俄共再三重申"共和纲领"上面。

"共和纲领"是她的著名著作《尤尼乌斯小册子》

(*Juniusbroschüre*)，这本书于战时在监狱写成，之后成为斯巴达克联盟的平台。列宁在并不知道作者的情况下，立即宣称，发布"这个共和的纲领……实际上（意味着）宣称革命，以一种非正规的革命的纲领"。一年之后，俄国革命以一种没有任何"纲领"的方式爆发了，它首先的成功是废除了君主政体并建立了共和国，同样的情形发生在德国和奥地利，但是这并没有消除来自俄国、波兰和德国的同志们对她的猛烈抨击。事实上，是共和的问题而不是民族的问题，导致她与周围人们的决定性分歧。她是完全孤独的；而当她强调在所有环境中不仅个人自由而且公共自由都是绝对必要时，她的孤独就显得不那么明显。

第二种误解直接和修正主义争论联系在一起。卢森堡将考茨基不愿接受伯恩施坦的分析的态度，误认为对革命的忠诚。在1905年俄国第一次革命之后，她匆匆带着伪造的文件[13]回到华沙，她不能再欺骗自己。对于她来说，这段时间不仅构成一次决定性的经历，也是她生命中最幸福的时光。她回来后，尝试着和德国共产党朋友们讨论有关事务。她很快明白"革命"一词只有同一种真正的革命条件联系起来，才能打破毫无意义的字面含义。德国社会主义者坚信这样的事情只能发生在遥远的蛮荒之地。这是第一个震撼，她再也没有从这个震惊中恢复过来。第二个震撼是在1914年，并一度把她带到自杀的边缘。

自然，她首次与真实的革命的接触教给了她许多东西，它们远胜过幻想以及对此抱有轻视和不信任态度的艺术。在它们之外，她得以从内部观察政治行动的实质。奈特先生正确地指出了她对于革命理论的最为杰出的贡献。主要在于，她从"革命工人委员会"（即后来的"苏维埃"）中了解到，"好的组织不是先于行动而是在行动中产生的"，因此"革命行动的组织可以而且必须从革命自身中学习，就好像一个人只能在水中学习游泳一样"，革命不是任何人"制造"而是"自发"爆发的，"行动的压力"总是来自"下面"。"只要社会民主党（此时还仍然是唯一的革命党）不将它扑灭的话"，一场革命就是"伟大和有力的"。

然而，1905年革命序幕却在两个方面完全背离了她。从根本上说，革命不仅没有爆发于非工业化的、落后的地区，而且也根本没有发生在有民众支持的社会主义运动的地方。第二，不可否认的事实是，这场革命是俄国在日俄战争失败的后果。关于这两点列宁从来没有忘记，并从中得出两个结论：第一，革命不需要一个强大的组织，一旦旧政权的当权者被推翻，一个拥有一位知道自己要什么的领袖和严密组织的较小团体，就足以重新掌握权力。大规模有组织的革命团体只是一个妨碍因素。其中第二点是在第一次世界大战中她与列宁意见相左的根源，她第一次批判列宁是关于在1918年俄国革命中的策略。她从战争中从头到尾看到的仅仅是最为恐怖的杀戮，无论其最终结果是什么，所付出的是人的生命的代价，尤其是无产阶级生命的代价。更重要的，将革命视作战争和杀戮也违背她的本性，而这一点列宁未予回应。在关于组织的问题上，她不相信缺少广大人民的参与和发声的一种胜利，她也不相信不论代价的夺取权力，她担心"革命的扭曲比革命的失败更加可怕"，这就是她与布尔什维克之间最大的区别。

历史事件难道没有证明她是正确的吗？苏联的历史不正是这种革命"扭曲"的可怕危险的长时间体现？当然，她没有看见列宁后继者的公然犯罪，但如她所预见的"道德的崩溃"，不是比正直地反抗更高权力和对抗历史条件的所有政治失败，对于革命造成更大的伤害？……如此，唯一的拯救途径则在于"公共生活自我约束、最不受限制、最广泛的民主和公众意见"。

她没有活到足够的年龄看到自己是多么正确，看到恐怖和道德恶化，它直接来源于俄国革命的影响。这不能归之于列宁，尽管他有错误，但是他与最初志同道合的人们之间有着更大的共同性，而不是他的后继者。这一点可以看得很清楚——罗莎·卢森堡去世三年之后，利奥·约基希斯的后继者保尔·列维担任了斯巴达克联盟的领导，出版了她1918年"只为你"而写关于俄国革命的评论，而当时并无出版的意图[14]。对于俄共和德国社会民主党来说，"这是非常尴尬的时刻"，列宁如写下尖锐和偏激的回应也是可以被原谅的。而列宁却写道："让我们以一个古老的俄国寓言来回答：一只鹰有时候飞得比鸡还低，但是一只鸡永远飞不到鹰那样高。罗莎·卢森堡尽管有错误，但是她过去和现在仍然是一只雄鹰。"他继续要求出版"她的传记和她著作的全集"，不清除其中的"错误"，并责备德国同志们"令人难以置信地"忽视了这个责任。这是在1922年。三年之后列宁的后继者决定将德国社会民主党布尔什维克化，并因此下令对于罗莎·卢森堡的整个遗产进行猛烈攻击。这个任务被一个叫作露西·菲舍尔的人欣然接受了，她告诉德国同志们，罗莎·卢森堡和她的影响"仅仅是一种霉菌"。

鸿沟已经被挑明，出现了罗莎·卢森堡称之为"另一类动物物种"的人。不再需要"资产阶级的代理人"和"社会主义的叛徒"，便可摧毁仅存的志同道合者，以及遗忘他们精神遗产的最后残余。不用说，她的部分著作曾经出版过。第二次世界大战之后，一个充满错误注释的两卷本在东柏林出版，并附有一个叫作弗雷德·厄斯纳的人对"错误的卢森堡主义"进行的详尽分析，但是这个批判"太过斯大林主义"，因而迅速变得湮没无闻。这肯定不是列宁曾经要求和希望的，借此"教育共产主义的一代又一代"。

斯大林死后，情况开始变化，当然不是在东德。在那儿，对斯大林主义历史的修正明显导致了一种"倍倍尔崇拜"（可怜的老人赫尔曼·敦克尔是唯一对这种新的谬论提出异议的，他是最后的一名著名幸存者，仍能"回忆起我的生命中的最美好的时光，那时我作为一个年轻人结识了罗莎·卢森堡、卡尔·李卜克内西和弗兰茨·梅林并和他们一起工作")。然而波兰人,虽然他们在1959年出版的两卷版选集其中"部分作品与东德的重叠",但恢复了由列宁去世后便盖棺论定的她的名誉。1956年之后,罗莎·卢森堡成了波兰出版市场上的热门话题。对于她到底是谁,她做了什么,人们希望有一个姗姗来迟的认识。同样,人们也希望在西方国家的政治学教育中,最终能够发现她的位置。在这个意义上,奈特先生是对的:"她的观点,属于严肃地讲授政治思想史的地方。"

(崔卫平 译)

注释

1 近年来另一个限制变得越来越明显,对于希特勒和斯大林,尽管他们在当代历史中的重要性,人们仍然认为详尽无遗的传记是一种没有必要的忠诚。不管艾伦·布洛克在他关于希特勒的书及伊萨克·多伊彻关于斯大林的书中如何小心翼翼以某种方法论的技术加以处理,但是以非个人的眼光去看待历史只能被看作错误的美化和对于事件更微妙的篡改。而我们想要在恰当的比例中同时看到事件与个人,便不得不去看资料较少但符合事实的关于希特勒和斯大林的不完全的传记,它们分别由鲍里斯·苏瓦林和康拉德·海登撰写。

2 《罗莎·卢森堡》二卷本,牛津大学出版社,1966年。

3 让·饶勒斯(1859—1914),法国政党中温和派的代表人物,曾任国会议员,

《人道报》的创办者之一。

4　亚历山大·米勒兰（1859—1943），法国政治家，右翼社会党人。

5　斯巴达克同盟，1917年成立的德国左派社会民主党人的组织。由卡尔·李卜克内西和罗莎·卢森堡领导，1918年12月30日改组为德国共产党。

6　自由军团，德国民间准军事团体。1918年12月随着德国在第一次世界大战中战败而出现，成员有退伍士兵、失业青年等。

7　参见1917年3月8日致汉斯·狄芬巴赫的信。

8　同上。

9　涅恰耶夫，俄国民粹派恐怖主义者，主张目的正义就可以不择手段，即所谓"涅恰耶夫主义"。

10　在英文世界里他被运用最为广泛的一本书是《演进的社会主义》，不幸的是缺少必要的注释和对于美国读者的一个导言。

11　见《在过去与现在之间》一书中，《德国社会民主党1890—1914，作为一种政治模式》，1965年4月。

12　这种情况与汝国在德雷福斯危机期间的法国军队的地位有相似之处，如罗莎·卢森堡在《新时代》撰文《法国社会主义者的危机》（选集第一卷1901）精彩论述的，"原因是军队不愿意挪一步，它想表明自己是共和国公民力量的对立面，而同时并不失去把自己交给这个对立面的力量"，通过一场政变通往另一个政府形式。

13　1905年，罗莎·卢森堡与利奥·约基希斯化名德国记者，返回波兰。

14　不无讽刺地，她唯一的这本小册子到今天仍然在被广泛阅读和运用。下面是在英文中所涉及的书目：《资本积累论》，伦敦和耶鲁，1951；《对于伯恩斯坦的回应》，三剑出版社编辑出版，纽约，1937；《尤尼乌斯小册子》（1918）在《德国社会民主党的危机》标题之下，由兰卡萨玛出版社编辑出版，锡兰和科伦坡，1955。尤其作为印刷品形式，最早1918年由社会主义出版学会面世，纽约，1953。同一家出版社在锡兰出版了她的《群众罢工》《政党》和《商业联盟》（1906）。

罗莎·卢森堡年表

1871　3月5日，生于波兰扎莫什奇县一个犹太家庭。

1873　全家迁居华沙。

1889　因革命活动受到沙皇追捕，流亡苏黎世。

1890　入苏黎世大学，攻读生物、数学、法学和政治经济学。

1891　与利奥·约基希斯相识、相爱。

1893　3月，和利奥·约基希斯等共同制定波兰社会民主党党纲，成为党的创建者和主要领导人之一。

1897　5月，大学毕业，获法学博士学位。

1898　4月19日，与古斯塔夫·吕贝克假婚以取得德国国籍。

　　　5月迁居柏林，参加德国社会民主党的工作。

1903　4月4日，正式解除假婚。

1904　1月，因反军国主义的演讲，被判处3个月监禁。

　　　8月26日，元月的判处生效，被囚于茨威考。

　　　10月25日，因新国王登基，提前获释。

1906　3月4日，在华沙与约基希斯同时被沙皇逮捕入狱。

　　　4月11日，移囚华沙要塞监狱。

　　　7月8日，因病交保证金获释。

12月12日，被德国魏玛国家法庭判处两个月监禁。

1907 6月12日—8月12日，上年12月判决生效，被囚于魏玛国家监狱。

10月，自此至1914年，在德国社会民主党党校任教。

1913 1月，《资本积累论》出版。

1914 2月20日，被德国国家法院以"叛国罪"罪名判处一年徒刑，因病缓期执行。

1915 2月18日，病中被捕，囚于柏林巴尔尼姆女狱。狱中撰写《社会民主党的危机》(又名《尤尼乌斯小册子》)。

1916 2月18日，刑满出狱。

7月10日，被以"预防性监禁"之名逮捕入狱，囚于柏林巴尔尼姆女狱。一个月后转送佛龙克要塞监禁。

1917 7月，转至布累斯劳监狱。

1918 9月，着手著作《论俄国革命》一书，至出狱尚未定稿。后经保尔·列维整理出版。

11月7日，因德国革命爆发而获释。

11月11日，与李卜克内西、约基希斯等主持召开斯巴达克派全国会议，将其改组为斯巴达克同盟。

1919 1月15日，与李卜克内西同时惨遭杀害。

编后记

林贤治

在《狱中书简》改版重印之际，我不由得想起为编辑此书搬运柴薪的殷叙彝先生。

新世纪刚刚开始，我调到一家报社，成立一个工作室做出版工作。三年间，先后做过几套书，有一套名为"沉钟译丛"，计六种，记得陈乐民先生曾经撰文推荐过。其中有一种为卢森堡的著作，编辑时把《论俄国革命》和《狱中书简》放在一起。书简部分采用"文革"前人民文学出版社的本子，其余很大一部分，是中央编译局殷叙彝先生专门为我搜集提供的。

那时，我未曾见过殷先生，只拜读过他撰译的关于国际共运和东欧问题的文章。电话里，我向他说明编辑意图，他非常赞成，特别是认为把《论俄国革命》从卢森堡的文集中抽出来独立出版是极有意义的。我说，卢森堡系狱时间很长，往常信件应当还有不少，希望他代为搜集。不久，即收到他挂号寄来的复印件。他告诉我说，目前能找到的卢森堡狱中的信件都在这里了。德文部分怕我找不到人翻译,他已先行替我找人译了;至于英文部分,说是懂行的人多,相信我能物色到合适的译者。说起艰难寻得的资料,他很兴奋,至今回忆起来,仿佛还能听得见电话那头传来的苍老的笑声。

书出版了几年后,殷先生又把一批卢森堡的书信寄了来,可见念兹在兹。其时,我已重回出版社工作。得到新的材料,我随即找人译出,连同原来的书信合到一起,做了一个单行本,就是目下所见的扩大版的《狱中书简》。

殷叙彝先生同郑异凡先生南来开会,特意打电话约我聚谈,我才第一次,也是最后一次见到这位蔼然长者。后来,我起意编辑出版有关"灰皮书"的书,还曾请教过他。作为灰皮书的编著者之一,他听了,立即来了激情,力邀我前往北京,说会替我找到大多数的当事人,组织一个座谈会,除了录音整理,还可以在会上组稿。他提醒说,这批人年事已高,要做赶快做。此事因我给延宕了,座谈会还没开成,殷先生就病倒了。

在殷先生病前,曾接获他寄赠的毕生心血之作《民主社会主义论》。及后,我未改初衷,仍组织并出版了两部关于灰皮书的书。可惜出版时,殷先生已经去世多年。"文字缘同骨肉深。"我总觉得,殷先生本人的著作,和他所力促完成的卢森堡的书,甚至灰皮书,有着一种很深、很密切的关联。

殷叙彝先生是那种老一代知识分子,身上有一种古典的气质,有信仰、有追求,讲求道德修养,富于使命感和责任感。

仅为《狱中书简》一书，前前后后，便倾注了许多心血，使我获益良多。在此，我愿意记下与《书简》相关的一点旧事，并以此纪念殷叙彝先生。

感谢因卢森堡而终于走到一起的人，众多的译者和编者。二十年间，译者中许多已经失联，希望借《书简》改版的机会重寻彼此，还有那往日的好时光。

2020年5月14日夜

图书在版编目（CIP）数据

狱中书简 /（德）罗莎·卢森堡著；林贤治编选；傅惟慈等译. —北京：商务印书馆，2020
ISBN 978-7-100-18457-1

Ⅰ. ①狱… Ⅱ. ①罗… ②林… ③傅… Ⅲ. ①书信集—德国—现代 Ⅳ. ①I516.65

中国版本图书馆 CIP 数据核字（2020）第079753号

权利保留，侵权必究。

狱 中 书 简

〔德〕罗莎·卢森堡 著

林贤治 编选

傅惟慈 等译

商 务 印 书 馆 出 版
（北京王府井大街36号 邮政编码 100710）
商 务 印 书 馆 发 行
山西人民印刷有限责任公司印刷
ISBN 978-7-100-18457-1

2020年9月第1版　　开本 787×1092　1/32
2020年9月第1次印刷　印张 11

定价：65.00元